黑白和它的小伙伴们

［俄罗斯］吉玉娜　曹永杰　著

［俄罗斯］乌索尔采娃·娜达莉亚　绘

山东画报出版社

济 南

图书在版编目（CIP）数据

黑白和它的小伙伴们 / (俄罗斯) 吉玉娜, 曹永杰著；
(俄罗斯) 乌索尔采娃·娜达莉亚绘. -- 济南：山东画
报出版社, 2025.6. -- ISBN 978-7-5474-4579-2

Ⅰ.I512.84

中国国家版本馆CIP数据核字第20251789KG号

HEIBAI HE TADE XIAO HUOBAN MEN

黑白和它的小伙伴们

［俄罗斯］吉玉娜　曹永杰　著
［俄罗斯］乌索尔采娃·娜达莉亚　绘

项目策划　秦　超
责任编辑　马　赛
封面设计　［俄罗斯］乌索尔采娃·娜达莉亚
版式设计　王　芳　张智颖

出 版 人　张晓东
主管单位　山东出版传媒股份有限公司
出版发行　山东画报出版社
　　　社　　址　济南市市中区舜耕路517号　邮编 250003
　　　电　　话　总编室（0531）82098472
　　　　　　　　市场部（0531）82098479
　　　网　　址　http://www.hbcbs.com.cn
　　　电子信箱　hbcb@sdpress.com.cn
印　　刷　济南新先锋彩印有限公司
规　　格　148毫米×210毫米　32开
　　　　　　　6印张　100千字
版　　次　2025年6月第1版
印　　次　2025年6月第1次印刷
书　　号　ISBN 978-7-5474-4579-2
定　　价　48.00元

致亲爱的读者朋友

欢迎来到大熊猫黑白的冒险世界！

这个关于熊猫宝宝的冒险故事我在两个双胞胎女儿还很小的时候就开始构思了。我很想创造一个由儿童和动物组成的充满友爱的美好世界。这个世界应是有点儿梦幻的，又很真实。那是一个大人小孩都值得拥有的，都能在其中找到自己并从中受益的，值得相信的世界。每一位读者不仅会沉浸在各种冒险和奇遇里，而且会发现隐藏在简单字句里的深刻思想。但愿书中角色恰到好处地带着一切美好走进了您的心里，希望我做到了。

这些故事有些源自我个人在中俄两国的生活经历，也有从同事、朋友那里无意间听说的种种。我非常高兴能将我的爱与这本书一起送给中国的小读者们。

　　此外，书中介绍了俄罗斯文化及中国的古老文明，描写了大自然的美景，也讲解了俄罗斯人的民族性格，讲到了孩子们与小动物们共有的天真无邪及熊猫黑白的率真。真心希望每一位读者都会喜欢小主人公黑白的幽默感、责任感和乐于助人的天性。

　　本书中黑白经历各种奇遇的地点有四川省、中国的首都北京和俄罗斯的首都莫斯科。由于本人在莫斯科国立大学工作，经常造访中国大使馆，因此我决定把小主角们安顿在那附近。故事的很多细节都是绝对真实的，所以完全有理由相信，书中的一切都很可能发生在现实中哦！

整个童话的灵感源头、发起人、文学翻译、中文版的合著者是我的同事和朋友、汉语教师曹永杰。

　　我也很幸运地找到了艺术家乌索尔采娃·娜达莉亚。她的绘画作品非常准确地传达了每个角色的性格，插图中展现的有时甚至比原文文本中所描述的还要丰富。

　　亲爱的朋友们！您一定会在《黑白和它的小伙伴们》中找到自己，找到似曾相识的地方和熟悉的场景！祝大家在与俄罗斯文化初相遇、相拥的同时，全然享受轻松愉快的阅读！

　　爱你们！

吉玉娜

目录

一 欢迎你，黑白！

在中国的南方生长着很多竹子。这是一种长得很快，而且能长得像树一样高大的草本植物。好几百万年以前，竹林里出现了一种神奇的动物——大熊猫，它们非常美丽，有着黑白两色的毛发。虽然有人说它们长得像大号的猫，其实它们是熊。

尽管它们看起来总是慢吞吞的，但其实它们非常灵活、敏捷。它们擅长攀爬，以竹子为食。熊猫有着坚硬的牙齿，本可以成为真正的肉食动物，但在自然界中，它们却十分温和。

目前，四川省设有专门的熊猫繁育基地，其中包括保育园、科研中心、熊猫医院和一个巨大的自然保护区。熊猫幼崽

在人类的监护下生活，而成年的大熊猫则被放归到自然保护区——一个全年都有大量鲜嫩竹子的自然环境中。我们的故事就是关于一只名叫"黑白"的活泼可爱、精力旺盛的大熊猫宝宝。好了，让我们开始吧！

有一天，在四川自然保护区里发生了一件令人十分欣喜的事情——一个大熊猫家庭迎来了两只幼崽。尽管它们的父母身形巨大，但幼崽们却非常小，还没有一个杯子大。它们是粉红色的，身上长着稀疏的白色绒毛。宝宝们十分柔弱，在最初的日子里，它们除了吃就是睡。

熊猫一家住在一株巨大的阔叶树靠近地面的粗树枝上，爸爸妈妈共同建造了一个像沙发床一样的巢穴，又舒适又安全。熊猫宝宝依偎在妈妈温暖的臂弯里一点点长大。两个熊猫宝宝还是一对"龙凤胎"哦。父母为它们取名字，妹妹叫"花花"，而它有一个骄傲的名字——"黑白"（大名"太极"）。

由于总是在睡觉，我们的小主人公最初的记忆都是一些片段，它记得父母为宝宝的降生感到十分高兴。它记得妈妈给它们讲童话故事，唱美丽的歌谣。

就这样一个月过去了，黑白长大了，一天早上，它睁开眼睛。"早上好，宝贝儿子。"妈妈微笑着对它说。熊猫妈妈白色的脸庞上，那双嵌在黑色斑点里的黑眼睛闪烁着慈爱的光芒。它对自己的儿子爱不释手，俯下身轻轻舔了舔儿子的小鼻子。"早上好，妈妈。"黑白一边轻声答道，一边欢喜地仰躺在了地上，这样它就能看见整个妈妈啦！

"来跟你妹妹认识一下吧，它叫花花。"妈妈指着搂在怀中取暖的一只粉色"毛绒球"说。

"哦！黑白睁开眼睛啦！欢迎来到我们的家！"爸爸一边往窝里爬，一边开心地大声说道，"我刚好带来了咱们林子里最美味的竹子！早餐会很棒哦！"

"我怎么吃竹子呢？"黑白轻声问，"我的牙还那么小……"

"竹子是给爸爸妈妈吃的。你们的任务是多喝奶，快快长大，积攒力量和知识。等你长大了，我们就一起从树上下去，我会带你看森林，介绍你认识咱们的朋友，告诉你需要留意谁……"熊猫爸爸说个不停。

小黑白在爸爸的声音里进入了梦乡，它梦想着自己飞快地长大，然后离开家。此刻的它怎么也想象不到，前方等待着它的是一个多么广阔的世界！

二　爸爸妈妈的故事

有一次，黑白醒来时看见妈妈和妹妹都还睡着，爸爸却不见踪影。于是这只熊猫宝宝决定开始自己的第一场"旅行"。

父母禁止小黑白靠近巢穴的出口，但它太想看看外面的世界了，哪怕只看一眼……它悄悄从妈妈的爪子下面蹭出来，向前爬去。

熊猫宝宝是一个非常好奇的孩子，对周围的一切都充满兴趣。快瞧，右边飞过一只小蝴蝶；左边，高处，一只大鸟停在了树枝上。这时，它家的树下忽然响起枝权断裂的声音，黑白伸出小鼻子想一探究竟。

多么广袤的大森林啊！竹子的枝干摇摆着互相敲击，竹叶沙沙作响，仿佛在和熊猫宝宝说话。

"你好！"枝叶间传来一个细小的声音，像鸟叫。

"你，你好！"小黑白惊讶地打着招呼，"你是谁？你在哪儿？"

一只小动物爬上了附近的树枝，比猫稍微大一点儿，披着一身松软的火红毛发，用宝石般的大眼睛好奇地注视着黑白。

"我是熊猫！"小动物自豪地说。

"不大像哦……"熊猫宝宝咕哝着说，"我才是熊猫。"

"那我是'红熊猫'！"小动物固执地说。

"好吧，'红熊猫'。你这么小，怎么会被允许离开家自己出来玩儿呢？我就不能离开巢穴……"黑白叹了口气。

"我早就长大了，独立了，当然可以自由行动。""红熊猫"笑答。

"我爸妈才是成年独立的大——熊猫，你就比我大一丢丢，而且你的颜色根本不是熊猫的颜色。"

黑白执着地反驳道。

"不是所有的熊猫都是黑白色的！我的毛色让我更容易在树叶中藏身，更容易追踪猎物。"

"如果你是熊猫，你应该吃竹子呀……"黑白惊奇地说。

"也吃，也吃。我是你们的远亲！可是有的时候，也很想捕猎小老鼠或者小鸟！"新朋友神往地说道，"另外，我叫小小，祝贺你的降生，小黑白。我们的竹林里很热闹。你快快长大，我们好一起爬树玩耍。顺便问一下，大林和小莉还好吗？我认识它们很久了。"黑白明白它问的是自己的爸爸妈妈。

"我们一切都好。"黑白回答说，"只是爸爸一直很忙，只有晚上才回家。妈妈负责养育我和妹妹。你知道它有多么聪明美丽吗？它知道那——么多故事，会给我唱那——么多歌曲……"

"你应该为你的父母感到骄傲，小黑白。我来给你讲讲它们的故事吧！"小小说着，随即开始了它的叙述。

"那是许多年以前，四川发生了一场可怕的大地震，有很多人类和大熊猫在地震中丧生。当时在熊猫繁育基地住着一对可爱的熊猫夫妇——大林和小莉，它们是被作为和平使者培养和教育的，有朝一日是要被送往国外的。它们受过良好的教育，并且才智出众，懂得不同的语言，非常了解其他国家的文化。大林研习太极拳，小莉有着美妙的歌喉，而且特别会讲故事。

"一个温暖的春日，它们安静地在自己的围栏里休息。忽然大地开始嘎嘎作响，树木也开始不停晃动，石头纷纷落向围栏。你的父母及时逃了出来，慌不择路地向远处狂奔，只为逃离危险，越远越好，直到它们在森林里迷失了方向。此后的许多天里，你的爸爸妈妈一边舔着自己的伤口，一边帮助森林里的动物们。你爸爸能扛起整棵大树，解救那些被灾难困住的生灵，你妈妈则用心安慰那些失去至亲或走丢了的动物。

"我父亲曾经告诉我，大林用巨大的嘴巴，像叼自己的幼崽那样，把它叼来给小莉，而小莉帮它暖和过来，并且照顾它，直到它的父母找到它为止。"

"这样说来，我妈妈是你爸爸的保育员？"黑白问道。

"对于我们来说，可不仅仅是保育员，它像亲生母亲一样关心、照顾森林里的小动物。那时候你父母挽救了许多动物幼崽，我们至今非常感激它们，敬重它们。"

"那后来呢？"黑白迫不及待地追问。它太渴望了解爸爸妈妈在它降生之前的生活了！

"后来你的父母回到了基地。它们来到废墟，准备在那里帮助重建。它们非常疲惫、虚弱，却依然坚持继续帮助大家，直到被人类发现，人类把它们保护了起来。经过长时间的治疗，它们终于恢复了健康，然后被放归山林，自由自在地生活，没有人再想把它们送出国工作、当友好使节了。

"它们期待你和你妹妹已经很多年了。尽管经历的挫折和伤痛让它们几乎失去了希望，但是我们四川的民间医学可是很厉害的哦，我们独特的医疗传统和配方举世闻名！那时候大家都努力为它们寻找各种所需的草药，甚至去寒山采药，你妈妈的健康状况才有了好转。就在一个月前，竹林终于迎来了伟大的大林和智慧的小莉所生的头胎宝宝，我们都为它们感到高兴极了！"

"啊，我懂了！"黑白大声说，"这就是为什么你知道我的名字！"

"我当然知道了！"小小回答，"而且就像这座森林里所有的居民那样，早就深深爱上了你。快快长大吧！""红熊猫"摇动尾巴跟黑白道别，随后消失在密林中，而黑白留在原地陷入沉思。

"太不可思议了！"它边想边在窝边舒适地躺了下来，"看起来普通的爸爸妈妈原来是整个森林的英雄！我真幸运！"它想着想着，便枕着小爪子安静地进入了梦乡。

三　救救我

　　熊猫宝宝做了一个奇怪的梦，好像有一只漂亮的蝴蝶在它周围飞舞，它便和蝴蝶一起玩耍。当它再次跳向蝴蝶时，感觉自己飞了起来……

　　黑白立刻醒了过来，结果它真的在"飞"——从心爱的大沙发床上掉了下去。它重重地摔在了地上，小身体却并未就此停下来，而是一直向下滚去。它试图抓住草叶，但无济于事。

　　巢穴所在的大树长在山坡上，聪慧的熊猫夫妇认为这样可以避免潮湿，而且孩子们会更安全。靠近窝边是被明令禁止的，而黑白不仅违反了规定，还在窝边睡着了。小孩子睡觉是

理所当然的，但在危险的地方可不行。此刻，它非常后悔没有听父母的话。出乎意料的是，它落在了一个柔软而且有着熟悉气息的东西上面——原来是掉在了爸爸身上，它立刻紧紧抓住了父亲厚实的皮毛。

"黑白！"爸爸先是吓了一跳，然后严厉地看着它，"你怎么会在这里？"

熊猫宝宝没有回答，它只是惊恐地眨着小眼睛，把脸躲在小爪子里疼得轻声抽泣。

"黑白！"妈妈焦急地呼唤着熊猫宝贝。它在窝里四处搜寻，已经想到那个小淘气应该是从窝里掉下去了，但是它没法丢下第二个孩子出去寻找。

"别担心，小莉！我抓住咱们的儿子了！"爸爸大声安慰着妈妈。熊猫爸爸小心翼翼地用嘴叼住幼崽的身体，然后熟练地爬上树。

在家里，黑白被妈妈紧紧拥进温暖柔软的怀抱，它一下子哭了起来，因为害怕，因为自怜，还因为只是想哭。

这天晚上全家都久久难以入睡。妈妈一直不停地检查孩子们在哪里，不停地把它们挪到更靠近自己的地方，而爸爸训斥了不听话的小淘气。

"所有的禁令，"它说，"都不是无缘无故来的。如果你今后还不听长辈的话，我们就不得不惩罚你了。"

"我会听话的，爸爸。"熊猫宝宝真诚地说，"请原谅我吧！"在那一刻，熊猫宝宝十分确信，自己永远永远不会再违反禁令，再也不会让父母伤心了。

天亮了，黑白躺在窝里低声啜泣。它害怕告诉父母它的爪子里卡了一根刺，可是它的爪子越来越疼，终于，它鼓起勇气坦白了，但无论是爸爸还是妈妈都帮不了它。爸爸立刻动身去森林另一端的鸟类聚居地，寻找一位尖嘴医生，带它回来救助儿子。在等待帮助的过程中，妈妈竭力试图用它巨大的牙齿咬住木刺，但徒劳无功。因此，它只能小心地舔着黑白的小爪子，以减轻儿子的疼痛。

等待医生的时间太漫长了，情况变得越来越糟。小黑白的爪子开始发炎，它也开始发烧。

幸运的是，这天，来自四川熊猫基地的科学家们正在附近。每年会有那么几次，由动物学家和医生组成的科考队会到大森林中观察大熊猫在野外的生活情况。而八九月份人类会比往常更频繁地进入森林，因为这正是大熊猫繁殖的季节。

　　隐约听到熊猫幼崽的呜咽，团队停了下来，一位训练有素的专家爬上巢穴。熊猫妈妈已不再来回走动，而是悲伤地卧在滚烫的黑白身边，不知如何是好。

　　看到基地来的人，熊猫妈妈立刻振作起来。它没有阻拦人类把黑白装进转运箱，从树上放了下去，因为它知道，人类会帮助它的孩子。曾几何时，幼小的它在森林里被人们发现并用奶瓶喂大，又在成年遭遇地震受伤后被人类治愈。虽然它很不舍得与孩子分离，但没有其他办法能救助宝贝了。因此，它温柔地安慰黑白，并答应在黑白康复后就去看望它。

四 第二个妈妈

转运箱里非常舒适，和在妈妈身边一样。起初，黑白被抱在掌心，然后才被放进转运箱同行。它根本不记得这一路的经历，因为还在森林的大树旁的时候，人类就给它注射了药物，小家伙立刻就睡着了。

一到达基地，医生就帮还在睡梦中的黑白拔掉了刺，清洗了伤口，涂上药并仔细进行了包扎。老大夫心疼地摇了摇头，说："再晚来一两天，这孩子就没救了。"

新的一天来临时，黑白发现自己置身于一个全新的世界，这个世界太干净、太洁白了！熊猫病房里空无一人，周围看不到森林，也听不到树叶的沙沙声和鸟儿的鸣叫，连小花花的哭声也没有。家的气味已经远去，爸爸妈妈也不在身边。想到这一切，小熊难过了起来。

悲伤没有持续太久——黑白天生的好奇心又占了上风。它的脚几乎不疼了，虽然还无法踩地。它向四处看了看，发现自己躺在一个透明的窝里，身子下面铺着柔软的垫子。上方有一盏发着蓝光的灯，灯光十分温暖。墙边立着一些装满奇特物品的透明柜子，还有很多不知是做什么用的仪器及一张桌子，黑白记得人类就是在这张桌子上帮它包扎伤口的。

走廊里传来脚步声，门开了，一个身穿天蓝色工作服的美丽姑娘走进房间。她有着一头金发和一双蓝色的大眼睛。

"你好啊，小家伙。"她带着温和的微笑说道。黑白从她的声音里捕捉到那种和妈妈在一起时才会感受到的爱意。"睡醒了吗？很高兴见到你！让我们来认识一下吧，我叫玛丽娅，是一名医生和动物学家。我从俄罗斯来，是来帮助你康复的。你愿意到我怀里来吗？"她一边问，一边小心翼翼地把熊猫宝宝从摇篮中抱起，轻轻搂在了怀里。

黑白愉快地闭上了眼睛，它甚至感动得眼眶一热，忽然很想哭。它用小小的毛茸茸的身体紧紧依偎着玛丽娅，满足地

"咕咕"哼起来，而它的小肚皮也紧跟着"咕咕"叫了起来。

"你早就饿了吧？"玛丽娅医生随声附和道，"我现在就喂你吃东西。"她从书包里取出一瓶温热的奶，舒适地靠坐在椅子上，开始给黑白喂奶。

"哦，就像在家里一样！"黑白想。它喝足了奶，舒服地伸了个懒腰，很快在新妈妈的怀里睡着了。

黑白有时会独自待在房间里，但它一点儿也不觉得无聊。四周有许多仪器闪着灯，发出声响，这些明亮的玩具简直就像在召唤它过来玩耍。它最喜欢的是一个黄色的小球。小球会好笑地弹跳，从它的小爪子里跳脱。每天玛丽娅给它喂完晚餐后，它总喜欢和小球一起在它的透明小窝里睡大觉。

必须承认，熊猫宝宝在刚出生时非常小，但它们长得相当快。为了健康成长，它们每天需要进餐十四次！黑白刚来到这个世界时比一个水杯还要小，但在三个月大时，就已经长到六公斤了，看起来就像一个胖大而柔软的毛绒玩具。

窗外，秋色已渐渐褪去。玛丽娅医生每天都会来，她给熊猫宝宝喂食、洗澡，拥抱它、爱抚它。在这段时间里，玛丽娅总是用她悦耳的声音诉说着什么，总是对着黑白微笑。熊猫宝贝习惯了她说话的方式，能轻松理解她的意思，也一点一点地学习说俄语了。大概在相识一周后，熊猫宝宝开始尝试模仿她说话，而在一个月的接触后，它已经能和玛丽娅自然交流了。众所周知，大熊猫是非常聪明的动物！

"好了，黑白！"某天，玛丽娅开心地说，"你完全康复了！今天就要见到你的新朋友们啦——就是其他的熊猫宝宝呀！"

"你还会来看我吗？"熊猫宝宝满怀希望地问玛丽娅。

"当然，我们不会分开，我会一直作为你的医生，陪伴你长大。"玛丽娅说着抱了抱黑白。

午饭后，玛丽娅把它带到了熊猫宝宝们的大围栏里，并给它看了它的新床位。黑白心想：这个新窝真不错。然后它小心地把心爱的小球藏在了被子的夹层里。

"哟！新来的！"一只耷拉着耳朵的熊猫欣喜地叫道，"你想吃蛋糕吗？"在熊猫繁育基地，熊猫不仅以竹子为食，这里还会为它们制作一种特殊的蛋糕，由鸡蛋、牛奶、蜂蜜和谷物制成，这样它们就能补足缺失的维生素了。

"想吃！"黑白笑起来。"大家好！我叫黑白！"它大声说着，坚定地一瘸一拐地朝盛满食物的大碗走去。

五　黑白被抓走了?!

　　黑白在基地度过了将近一年时间。秋天来了，黑白变得强壮了，学会了跑跳，已经一点儿也不瘸了。它有了很多玩伴，还交到了一个好朋友——"泰山"，就是那只长着耷拉耳朵的熊猫。

　　数月里，黑白的妈妈来看望了它好几次。在野外，熊猫妈妈只能哺育照料一个幼崽。因为儿子在离它很远的地方度过童年，妈妈深感悲伤，但它也为儿子能活下来，并在人类的关照中过得很幸福而感到高兴。

　　一个冬日里，黑白的爸爸也来看它了。熊猫爸爸环顾四周，思考了一会儿，命令黑白在基地待到长大，要求黑白听老师的话，多多学习。等到黑白做好了独立生活的准备，被放归山林后，大林就会亲自教导它了。

大熊猫在两岁的时候就算长大了，而它们在学会爬行和运动之后就更加调皮捣蛋。半岁到两岁是它们最淘气的时候，它们喜欢与其他熊猫角力，喜欢爬树、翻跟头、扔东西、咬玩具，当然，还爱捣乱。

在基地，每只熊猫幼崽都有自己的保育员。黑白很幸运，它大部分时间都和玛丽娅医生在一起。只有一位志愿者——高个子的王义协助她。当熊猫们习惯于被悉心关照，在人们组织的各种娱乐活动中快乐嬉戏，它们就开始黏着自己的保育员，甚至不放他们离开。黑白很爱玩，它总是会想出各种新花样儿，因此渐渐成为熊猫宝宝中公认的"领袖"。

黑白和玛丽娅自信地交流，和其他熊猫宝宝开心地聊天，但面对基地的工作人员，它却保持沉默。是熊猫阿婆建议它这样做的，因为不这样做的话它可能会失去无忧无虑的生活，它会从一只熊猫宝贝变成"试验品"和"实验对象"。

第二年的秋天，在一个秋高气爽的日子里，玛丽娅病倒了，咳嗽、发烧越来越严重。治疗不见好转，大夫们决定送她

去成都的医院。玛丽娅隔着医院的窗户，难过而虚弱地向熊猫宝宝们挥手。

"我知道怎么治好她！"泰山自信地宣布，"竹林里的浆果刚好熟了，她吃了一定能好起来！"泰山一家对草药十分了解，完全可以救治它们心爱的医生。说干就干。两个好朋友在晨练时溜出了基地。

"太阳下山以前咱们就回来了，"泰山在路上安慰黑白，"离这儿不远。"治疗所需的浆果生长在孤立的崖壁上。熊猫宝宝们怎么也爬不上去。机智的黑白找到一根长长的藤蔓，它把藤蔓绕在一棵大树的枝杈上，又把另一端牢牢地缠在自己身上，然后从枝头跳上崖壁，终于采到了浆果，它将果子扔给了下面的泰山。

"我要下去了！"它大喊了一声，开始慢慢向下滑。忽然，有什么东西从上面紧紧抓住了它，带着它飞上了天。

"难道我刚才绕上了一根会飞的魔法藤蔓？"黑白惊讶地想。它喜欢各种神话故事，而且相信那都是真的。头上的鸟鸣声把它带回了现实世界。一只巨大的老鹰把熊猫宝宝当成了猎物，抓住了它并把它带向自己的巢穴。平展的巨大翅膀发出尖锐的声响，劈开空气，下面的树林变成了一片黄绿色的斑点。

泰山追着黑白大叫，然后大哭了一场，收集好采到的浆果回到基地。

玛丽娅医生很快康复了。然而她无法原谅自己，因为为了她，那只可爱的熊猫宝宝不见了，甚至可能已经死掉了。它是那么活泼、可爱，总是对一切充满好奇，而且又勇敢又善良。

基地的生活按部就班地一天天过去。人类喂养、关照着熊猫宝贝，陪它们玩耍、学习，把它们带给游客观赏。人类对它们进行研究，在科学杂志和书籍中描述它们的生活。

黑白是在冬天回到基地的，那正是春节最热闹的时候。人们燃放烟花，熊猫们在周围跳来跳去，大家都很开心。当黑白进入竹林时，节日的喧闹声和天空中的烟花指引着它找到了回家的路。当然，大家都惊喜万分。对于玛丽娅和泰山来说，与黑白的重逢是春节最好的礼物。它长大了，带来了许多历险故事，讲述了它在中国西南地区的奇妙旅行。

六　地震来了

五月的一个早晨，所有人都在各处忙碌着，科学家、医生和工作人员不停地跑来跑去。原来，基地收到一条消息，地震要来了。

年迈的熊猫阿婆立刻开始大声回忆起 2008 年的那场大地震："那一年，基地几乎被彻底摧毁。"她讲述着当时恐怖的情形，熊猫宝宝们越听越害怕。

与此同时，工作人员们通力合作，在得到地震消息的数小时后，所有准备工作都已就绪，包括人员和动物的疏散工作。

玛丽娅走进了熊猫幼崽的围栏。"怎么样，亲爱的孩子们，开始准备吧。"她说道，"咱们要一起飞到另一个育儿基地。"

"我们要飞到哪里去？我们怎么飞呢？"熊猫宝宝们慌张地问，"去做客吗？"幼崽们已经习惯了它们的围栏、玩具和亲人般的人类，而且它们一直被这片竹林熟悉的味道环绕着。

"我们坐飞机去，去一个安全的地方。别担心，你们的保育员会和你们在一起。你们就当是坐飞机去做客，过一阵子就回家啦。"玛丽娅一边不断安抚着宝宝们，一边一个接着一个地把它们装进转运箱。

基地里的大熊猫，从幼崽到成年大熊猫都很快被小心地装上了车。工作人员开始最后核查，结果发现有两只熊猫宝宝不见了。难道是在忙乱中把它们遗忘了吗？还是它们从转运箱里逃走了呢？

装满人类和大熊猫的车队开动了，逐渐消失在竹林深处，只剩下一辆车和几个焦急地在建筑物及周围区域

进行最后搜寻的人类。

"黑白，你在哪里？"玛丽娅呼唤着在围栏之间穿梭。大地已经开始震动，建筑物随时可能倒塌，但这位来自俄罗斯的动物学家全心全意地爱着黑白，甚至把它当作自己的孩子，她怎么可能抛下心爱的宝贝独自离开呢？

此刻，黑白正在帮助洛洛。洛洛还不能跑，尽管它已经睁开了眼睛，但还只会肚皮贴着地面爬行。黑白还记得这个阶段的熊猫宝宝会遇到多少麻烦。

在人们收拾笼子的时候，洛洛爬出了转运箱，被柜子后面的玩具吸引了过去。只有黑白及时注意到了这只熊猫幼崽，开始密切关注它的一举一动。洛洛找到了它最喜欢的小球，小爪子一拍，小球飞出了窗外，它紧随其后从乱糟糟的房子里笨拙地跃窗而去，确切地说，是从窗口掉了出去。

黑白"哎哟"一声赶紧闭上眼睛，不忍再看，但它瞬间做出决定——它猛地挣脱了人类的手掌，跟着洛洛跑掉了。谁也没料到这只懒散安静的熊猫宝贝会如此敏捷。人们总是忘记熊猫的慢性子只是一种假象，其实它们非常灵活，也非常勇敢果断。

黑白跳到窗外的草丛中环顾四周，几棵树的右后方留下一段带有洛洛体味的痕迹。勇敢的熊猫宝宝开始仔细搜寻。原来洛洛掉进了树下的一个浅坑里，靠自己根本爬不出来。雨后，坑壁向内倾斜，无论熊猫幼崽怎么努力也无法抓住地面上的草叶——它实在太小了，身体不够强壮，而且这个地方非常隐蔽，人们根本不可能发现它。

"洛洛，我在这儿，不要怕！紧紧抓住我！"黑白大喊道，用前爪抓住附近的灌木丛，让枝杈倾斜下来，再扒着枝杈滑入坑中。洛洛爬到黑白的背上，紧紧抓住它的毛发。"谢谢。"洛洛轻声说。

黑白，因为它的细心和勇敢，最终及时挽救了洛洛的生命。如果不是大家都正忧心忡忡，如果不是面临危险和混乱，人们看到这只少年熊猫背着另一只脏兮兮的熊猫幼崽肯定会感到好笑。

当最后一辆车马上就要离开基地的时候，两只熊猫宝贝刚好停在了玛丽娅面前。她高兴地将洛洛一把抱起，直接抱进车里，因为没有时间再找转运箱了。黑白则乖乖地紧跟其后，最后一辆装满人类和动物的车子终于出发离开基地了。

七　熊猫大力士

　　最终，装满掉队人员的车辆驶过森林，远离了可能发生的悲剧。司机凭借经验和习惯驾驶着车子在崎岖不平的小路上飞驰，不得不绕过意想不到的障碍物——石头、树干，甚至散落一地的树枝。

　　附近的一棵树突然发出断裂的声音，危险地倾斜，最终横倒在地，挡住了去路。车子一个急刹车停了下来，人们感到不知所措，不知道该如何继续前进。

　　忽然，那棵树又重新立了起来，大家都无比惊讶：倒下的树怎么可能重新站起来呢？

黑白第一个猜到了是怎么一回事，它甚至还没有看到，只是闻到了那熟悉的家的味道和父亲湿润的皮毛的味道，而就在旁边，母亲微甜的气味也夹杂了进来。黑白忽然变得坐立不安，不停地试图冲出去看个究竟，玛丽娅赶紧锁住了门窗。

　　"爸爸！妈妈！"黑白激动地大叫，可是车门已经锁紧，车窗也摇上了，父母完全听不到它的声音。

人类对大熊猫的出现和帮助感到十分震惊。大林把倒下的树干远远拖开，然后把全家带到车前。大熊猫是非常聪明的动物，作为一家之主，大林记得它年轻时发生过的可怕的大地震，所以决定不再冒险，带着妻女来到人类身边。科学家们立刻挪开拖车上沉重的设备，又把几个大书包转移到越野车中，然后将熊猫妈妈和惊恐的熊猫幼崽安置在拖车上。看到自己的父母和妹妹，黑白非常开心，

全家终于团聚了，当然，它也为自己强壮的爸爸感到十分骄傲。然而玛丽娅却紧紧地抱着它，生怕这只对一切充满好奇又热心肠，尤其热衷冒险的小家伙再次逃走。

而它的爸爸大林像一个真正的英雄那样，连续几个小时帮助科学家和救援人员安全前进，离开危险区域。它不知道自己的儿子就在车上，它一直在车边奔跑，凭借直觉为大家指引安全的路线。这样的陪伴无疑加快了整个团队的进程，人们不断为大熊猫的出奇灵敏与巨大潜力而深感震撼！

竹林在身后渐行渐远，疲惫不堪的熊猫爸爸终于也爬上了车，随即沉沉睡去。动物们都在打盹，而人类则继续将这些珍贵的乘客送往成都机场。

八 第一次飞行

今年的地震破坏力没有过去那么可怕，即便如此，大熊猫的疏散工作仍在继续。成都机场将这些不同寻常的旅客送往远离危险的，位于中国各地的科研中心和动物园——那些欣然接纳这些"贵宾"的地方。

基地工作人员迅速将成年大熊猫放进带有小孔的专用旅行箱中，因受惊而小声哼叫的熊猫幼崽则被放进便携式转运箱。工作人员飞快地将它们分组，并陪同它们登上飞机。最后抵达的熊猫们将乘坐专机前往北京。

一辆脏兮兮的超载车辆驶入停机坪——比原计划多出了三

只大熊猫。电话铃大作，对方很快做出决定——北京热切期待全体旅客的到来。

　　首先，成年大熊猫被安全转移。大林自己走进了安全的转运箱，为小莉和花花做出示范。当玛丽娅从车里抱出洛洛的时候，那三只熊猫已经全都登上了飞机。黑白在后座上睡得正香，玛丽娅不想吵醒它，但黑白太重了，她不敢自己抱它上舷梯，便决定一会儿亲自带领它走上舷梯。于是玛丽娅请司机帮忙照看一下，并提醒司机一定要等她回来再操作，以确保安全。

　　"会有什么危险呢？"司机觉得奇怪，一边嘟囔着一边果断打开了小旅客的车门，那只长得很像他儿子最爱的毛绒玩具的小家伙正懒散地靠在椅子上，似乎还在打盹。

　　"多可爱啊，来吧，我抱你走。"男人说着张开双臂。黑白迷迷糊糊睁开双眼，忽然看到一个陌生的男人正试图抓住它，而玛丽娅却不在身边。于是它瞬间做出决定，灵巧地从男人的臂弯下面出溜出来，迅

速跳出车外，紧接着就在飞机跑道上狂奔起来。

"请注意！跑道上有动物！"头顶上忽然响起的广播震耳欲聋，黑白更加惊慌失措，它在飞机之间四处躲闪。

"黑——白——！"玛丽娅在远处高声呼唤。熊猫听到熟悉的声音，向她飞奔而去。周围引擎轰鸣，警报声四起，灯光闪烁。

玛丽娅朝着受惊的熊猫幼崽跑去，机场工作人员紧随其后。他们想阻止她，因为她违反了安全规定，但他们根本追不上她。

同时，所有值班调度员都聚集在塔楼的监视器前，目睹一只熊猫宝贝和一个俄罗斯姑娘向对方狂奔而去的场景。当两个身影终于在空地上相遇，所有人兴奋地齐声鼓掌。玛丽娅已无暇顾及熊猫幼崽的体重，一把将它抱起，而黑白也紧紧抱住了她。

终于，所有的乘客都登上了飞机。成年大熊猫被安置在较远的飞机货舱内，而熊猫幼崽们则与人类待在一起。玛丽娅坐在熊猫宝宝们身边，她严肃地批评了不听话的熊猫幼崽，黑白乖乖点头。当然，他们也为一切平安而感到高兴。黑白很快就平静了下来，开始四处张望，观察周围的一切。

飞机起飞了，黑白感到十分兴奋。"我太喜欢飞起来的感觉啦！"熊猫想，"可惜我们被关在箱子里，看不见舷窗外面的样子。"

"黑白，我怕。"花花说道。它们的箱子靠得很近。"万一飞机坠毁了，我们会摔死吗？万一飞行员在夜空中迷失方向，把我们带到了其他的地方呢？如果我不舒服，我会晕过去吗？"花花妹妹担忧地列举着她害怕的种种可能，"还有，爸妈离得很远，如果它们出了什么事，我们就剩下自己了吗？"

"冷静点，花花，我在你身边。一切都会好的。你要相信人类。"黑白安慰着妹妹。

"我再也不想飞了，好可怕……"妹妹担心地嘟囔着。它是一个纯粹的小女孩，对一切都非常敏感。

"可我非常想飞，"黑白向往地说，"我要从飞机的高度俯瞰整个世界！"

"当然了，对你来说，鸟瞰世界已经不足为奇了，"玛丽娅半开玩笑地插嘴道，"你从基地失踪以后，我们找了你大半年。"

"玛丽娅，你记得的，那是我小时候被飞龙抓走了呀！"熊猫幼崽委屈地回答。

"你又在胡思乱想了！世上哪有什么飞龙？好了，就像俄罗斯人常说的，'过去的事情就让它过去吧'，现在还回忆那些做什么呢？"姑娘摆了摆手，犹豫了一下后，她打开箱门，把黑白抱了出来。

"到我这儿来，小旅行家，"玛丽娅说，"看看外面的世界吧，你想怎么看就怎么看！"

黑白紧贴着舷窗，用小鼻子抵住玻璃，一下子仿佛融入了天空。白云像蓬松的羽毛铺满脚下，群星和一轮明月就在不远处闪耀着光芒，而下面，如同星光的倒影，城市里灯光闪烁。

九　不可思议的熊猫宝宝

北京动物园将这群被救出来的熊猫幼崽安置在公园北侧，那里已经为接待它们做好了准备。为了照顾这些大熊猫，动物园聘请了新员工，其中一些人和熊猫幼崽们已经非常熟络，因为他们是从成都陪着熊猫幼崽们一起飞过来的。刚开始的时候，熊猫幼崽们处于隔离期，被动物学家和医生们严密监护，但逐渐地，它们被分配到各自的围栏。

黑白全家终于团聚了。在它家的围栏里，熊猫妈妈非常开心，不停地抱抱这个又亲亲那个。即使北京的酷暑已经降临，但是熊猫妈妈在第一周甚至不让孩子们和自己分开睡。

"你太宠爱孩子们了，"熊猫爸爸责备它说，"它们长大以后会缺乏独立性的。"

"你儿子对于它的年龄来说已经过于独立了。"熊猫妈妈反驳道。而黑白被妈妈说中了，所以熊猫爸爸经常带它一起打太极拳，以缓和它过分活跃的性格，并控制它的好奇心。

"武术，"大林说道，"能够使我们获得力量和信心，而自然赠予的灵动则能赋予我们必要的技能。总有一天，当你成为太极大师的时候，你会理解我的话的。"

"我会成为一名旅行家。"黑白试图反驳。

"这并不矛盾。"爸爸一边微笑着回答，一边继续训练。

在外人看来，这两只可爱的黑白熊猫似乎是在彼此逗弄玩耍，在打架，或者只是保持某个姿势昏昏欲睡。但实际上，黑白正在学习正确呼吸、协调肢体、加强专注力，以及如何运用内力打击对手。

在一次训练中，父亲要求它长时间盯着一个点看。黑白选择了猴子围栏的上沿，凝视着那个地方，一动不动。

两只小猴子沿着栅栏的边缘朝着狮虎山跑去。"老是这么被干扰，怎么可能集中注意力呢？"熊猫在心里暗暗地抱怨。"嘿，小家伙们，当心啊！"它大喝一声，飞身跃起，朝着调皮的猴子们追了过去。它用牙齿轻轻叼住一只小猴的脖颈子，另一只也被它伸爪一把揪住。小猴子们用力扭动、尖叫，表达强烈不满。

当黑白把猴宝宝们送回猴舍的时候，猴妈妈吓得心都要跳出来了。它从熊猫手中夺过猴仔，急匆匆跑开，找地方训诫孩子去了。很快，从树那边传来响亮的打屁股的声音，还夹杂着委屈的哭声，猴妈妈不住地高声训斥。

"都一样，世界上所有的妈妈都一样！"黑白想，"开始的时候各种担心，然后又打又骂，与此同时深深爱着你，真是打是疼骂是爱啊！"

"原来你在这儿呢！终于找到你了！"就在这时，动物园的工作人员在围栏外面高兴地说。他们小心地把黑白送回了熊猫馆。

猴妈妈继续教育它的孩子们，小猴子们却很开心，它们知道，黑白也会因为在园子里乱走而受罚。"忘恩负义！"黑白想，但它一点儿也不后悔。

时光飞逝，黑白长大了，总有各种冒险的念头从它那颗黑白色的大脑袋里冒出来。它很快就认识了一个前辈——五岁的萌兰，北京人都管它叫"西直门三太子"。这个名字的由来可不简单：一方面因北京动物园所在位置而得名，另一方面，它可是"明星夫妇"萌萌和美兰的第三个宝贝。除此之外，人们也叫它"功夫熊猫"，因为萌兰是北京动物园有史以来第一只从熊猫馆成功逃跑的熊猫。它会翻过障碍物，挖地道，偷钥匙，甚至破坏围栏。

黑白总是满心羡慕地倾听关于萌兰的故事。有一次，它央求萌兰带它一起去外面看看。黑白体型较小，能更顺畅地挤过、钻过、跑过任何障碍物，然后成功藏身。在云南旅行时学到的运动技巧、跟父亲学到的太极功夫加上现在新学的功夫使它能轻松逃离动物园，然后再神不知鬼不觉地溜回家。

它几乎每次都能赶在天亮之前回来，但偶尔可能因为某些事情滞留在城里，第二天人们会开车把它送回动物园。不得不说，能自由出入动物园的熊猫，真是前无古"熊"、后无来者啊！

《不可思议的熊猫宝宝》——报纸争相报道，一会儿说是黑白，一会儿又说是萌兰。人们总是傻傻分不清这两个黑白小团子到底谁是谁，远远看见的话，就更加无从分辨了！

"北京动物园里生活着异常聪明的大熊猫"——电视广播中这样介绍，并播放萌兰在自己的围栏里喂鸟的视频。"我们的希望"——生活在北京的动物们窃窃私语，它们可不会认错两只熊猫。黑白拥有一种特殊的能力：总能在恰当的时刻出现在恰当的地点。它从管道中救出小猫小狗，从树上接下不知所措的宠物，帮它们脱离险境，回到主人身边。小动物们往往终生难忘"救命恩熊"，而它自己早就不记得干过多少回这样的事情了，因为它喜欢帮助一切生命。它的体能和灵活性训练在当时真是意义非凡。白天里，它仍然快乐地睡在自己的围栏里，扮演一只懒洋洋的大熊猫。

有一天，黑白又被消防员送回动物园，它照例露出一副无辜的可怜相，顺从地走进自己的围栏。

园长还不知道，黑白已计划好，今晚去城里的菜市场。那里交易日结束后，柜台下面会剩下许多甜美的苹果。花花非常喜欢吃苹果，而黑白非常喜欢妹妹，总是尽力满足妹妹的一切愿望，它可是一个真正的好哥哥呀！

十　见义勇为

　　成长中的黑白和别的大熊猫一点儿也不一样：它活泼、可爱、聪敏，还拥有强烈的好奇心。它可一点儿也不爱睡懒觉。周围有那么多有趣的事情，怎么能睡懒觉呢？了解到这只熊猫与众不同的个性，动物园的领导们决定委派玛丽娅医生专门负责照管和培养这只不安分的小家伙。

　　黑白和玛丽娅都非常开心。他们不仅被允许一起在动物园里散步，而且还可以走出园区进城去。玛丽娅很喜欢中国园林，所以他俩在一起的大部分时间都是在逛公园。黑白最爱紫竹院公园，因为那里都是好吃的，而且离得很近；而玛丽娅最钟爱颐和园，因为那里很美。

熊猫宝宝通常坐在俄罗斯妈妈的怀里，静静地四处张望。大人们看到他俩时，都以为这位俄罗斯游客买了个超大的熊猫玩具，而孩子们一看到这只熊猫宝宝灵动好奇的小眼睛，就知道它是真的。尤其让孩子们感到特别开心的是熊猫宝贝偶尔会向他们挤挤眼，仿佛他们之间有着共同的小秘密似的。

当黑白不假装成毛绒玩具的时候，他俩总会引起人们特别的注意，一个俄罗斯姑娘和一只中国熊猫宝宝在一起——这个组合太不寻常了！

"它是真的吗？活的？"人们总是半信半疑地问，"可以摸摸它吗？"孩子们被允许抚摸熊猫。黑白从不反对，它认为这世上没有多余的抱抱，反正它可从不嫌多，但玛丽娅一直密切关注着，以确保孩子们不会对熊猫造成伤害，也不会把糖果或不能食用的东西喂给它。有时候孩子们会认为，如果熊猫吃竹子，那它一定会吃所有的木头，所以他们会给它品尝冰棍儿的木棍，还给它吃筷子。跟所有的大熊猫一样，黑白是一只"小吃货"，而它也像所有的熊猫一样，不能乱吃东西。

"黑白，如果你吃太多甜食，牙会坏掉哦，还会肚子疼哦！"每当有人给黑白糖果或点心时，玛丽娅就会这样警告它。

"玛丽娅，这是最后一次！"熊猫宝贝一边举起两只小胖爪子作揖乞求，一边用哀求的小眼神望着它心爱的医生妈妈。

玛丽娅微笑着，她太了解熊猫宝宝对甜食的渴望以及小家伙高超的说服技能了，但她总是坚决地从它的小爪子里夺走零食。

"你不给我吃，你自己也不能吃！"熊猫宝宝不满地抱怨着，摆出很委屈的小模样。不过必须承认，它很难坚持长时间生气，因为它总是会被池塘里的鸭子分散注意力，它喜欢吓唬它们，看它们四散飞逃；要不就是被五颜六色的蝴蝶或蜻蜓吸引；还有的时候，它禁不住某只甲虫的诱惑，跟甲虫玩耍，直到甲虫实在无法忍受，逃回自己的小洞为止。

"瞧你又弄了一身泥！"玛丽娅生气地说，"回到动物园又得给你洗澡，你这个淘气鬼！"

熊猫宝贝知道玛丽娅并不是真生气，她很喜欢黑白对一切充满好奇心的样子。她经常说，黑白更像俄罗斯孩子，而不是听话的中国宝贝。不过她总得"目不转睛"地盯着它，时刻密切关注它，以确保它不闯祸，一切安好。黑白并不反对。它喜欢玛丽娅——她又严肃又活泼，又善良又细致。她像妈妈一样对待它，不过真正的熊猫妈妈比她还要严格，要求也苛刻得

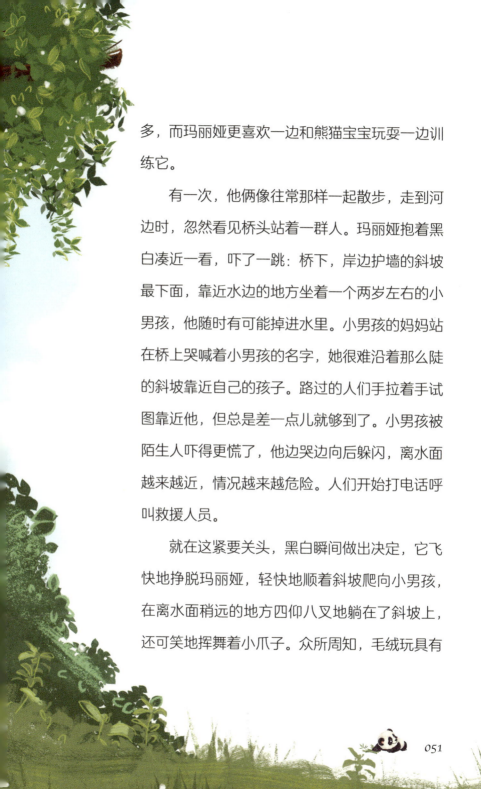

多，而玛丽娅更喜欢一边和熊猫宝宝玩耍一边训练它。

有一次，他俩像往常那样一起散步，走到河边时，忽然看见桥头站着一群人。玛丽娅抱着黑白凑近一看，吓了一跳：桥下，岸边护墙的斜坡最下面，靠近水边的地方坐着一个两岁左右的小男孩，他随时有可能掉进水里。小男孩的妈妈站在桥上哭喊着小男孩的名字，她很难沿着那么陡的斜坡靠近自己的孩子。路过的人们手拉着手试图靠近他，但总是差一点儿就够到了。小男孩被陌生人吓得更慌了，他边哭边向后躲闪，离水面越来越近，情况越来越危险。人们开始打电话呼叫救援人员。

就在这紧要关头，黑白瞬间做出决定，它飞快地挣脱玛丽娅，轻快地顺着斜坡爬向小男孩，在离水面稍远的地方四仰八叉地躺在了斜坡上，还可笑地挥舞着小爪子。众所周知，毛绒玩具有多么可爱，而熊猫则是其中的绝对王者，没有之一。小男孩立刻就不哭了，甚至破涕为笑，用小手够着摸了摸黑白，熊猫宝贝满足地哼哼起来，小男孩笑出了声。黑白逗引着小男孩，一点一点挪动身体，渐渐远离河道，向人群靠近，直到大人们终于够到男孩，并把他交给了他的妈妈。

后来，他们一起在长椅上坐了很久，玛丽娅安抚着年轻的妈妈，而黑白一直跟小男孩玩个不停。回家的时候，黑白抱怨道："这位年轻的妈妈太粗心大意了，连一个孩子都看不住……"玛丽娅听了不由得笑道："你自己呢，黑白？动物园半个团队的人都看不住你一个，那可都是专业人士呢！"

"还真是的，看来问题不在于谁看护，而在于谁想逃……"熊猫总结道。玛丽娅笑而不答，她心想，最要紧的是小男孩得救了。

十一　黑白落水了

　　有一次，黑白和它的保育员决定去紫竹院公园划船。他们慢慢划过水面，欣赏着竹子、柳树和小桥。周围荷花盛开，玛丽娅非常喜欢观赏荷花。对于俄罗斯人来说，这是一种不同寻常的花，在俄罗斯，即便专门种植，荷花也只能生长在南方。玛丽娅第一次在北京见到荷花时，就被它们的纯洁和内在的光芒深深吸引。

　　"很普通的花。"熊猫宝贝不在乎地望着水面说道。

　　"它们并不普通！"玛丽娅反驳道，"它们是从泥土和浑浊的水中生长起来的，却出淤泥而不染。看，它们是多么庄严而美丽啊！"

　　黑白决定不再争辩，转而开始观察水中的小虫、小鱼。一条小金鱼游到了船边，黑白怎么可能克制住好奇心呢？一爪子下去，它轻松地把小鱼捧出水面，在眼前把玩起来。

　　"天哪！你是要吃掉它吗？"玛丽娅挥舞着双手大叫起来，"你想吃掉北京公园里的鱼？"

"当然不！"黑白皱了皱眉，看着小鱼在它的爪子里不停地摇头摆尾，鳞片在阳光下闪闪发光，"你看，它真好看！"

　　"好看就好，"玛丽娅理解地点点头，"放了那条鱼吧，好奇的孩子。你不想让它死在你的掌中吧！没有水，鱼是活不下去的，而且你抓得太紧了。"

　　"好好活着吧，小鱼！"黑白大声说着，把手伸向荷叶间的水面，松开爪子，小鱼迅速向水深处游去。小船忽然危险地倾斜，熊猫宝贝失去平衡，滑落水中。

"哎呀！"玛利娅只来得及惊呼一声，便飞快地脱下鞋子，毫不犹豫地跟着熊猫宝贝跳进水里，而黑白已不见踪影。

池水并不深，但厚厚的软泥让她无法在水中站立。玛丽娅不得不在水中游泳，拨开荷花的茎叶。和许多俄罗斯人一样，她从小就会游泳。在乡下的奶奶家，她常在河里游泳，非常善于在水面漂浮，但在北京，作为一名严肃的医生和科学家，她只在游泳池里游过泳。

"我会游泳，可黑白会吗？"玛丽娅惊恐地想着，在荷花丛中焦急地摸索，但摸不到她心爱的黑白"毛毛球"。她浑身沾满污泥，小鱼和水藻搔弄着她的双脚，让她很不舒服，但她毫不在意。时间一点点过去，还是找不到黑白，玛丽娅急切地搜寻着。

"玛丽娅，我不知道你游泳游得这么好唉！"忽然传来黑白赞美的声音。湿漉漉的熊猫宝贝坐在船上，满怀崇敬地望着自己的俄罗斯妈妈。它跟着小鱼掉进水里，之后游过船底，又爬上了小船，那时玛丽娅已经在水里忙着找它了。

"是我不知道你游泳游得这么好！"玛丽娅生气地说，然后朝岸边游去。

"生气了？"黑白边想边跟着她又跳入水中，他俩几乎同时游到岸边，熊猫宝贝甚至比保育员还快。

在野外，大熊猫不仅擅长爬树，而且擅长游泳。黑白是在一年前学会游泳的，当时它辗转来到了云南，在山上的河流和湖泊里体验了一番。厚实的熊猫皮毛让它不会在冰冷的水中受冻，而它毛发中特有的油脂和它天生的灵动使它能在水面漂浮。就这样它学会了潜水并能在水里游得很远。

黑白上岸后抖干毛发——它几乎立刻干透了，而玛丽娅就没法说了。她拧干裙子的下摆，为留在船上的凉鞋感到十分沮丧，甚至没有看一眼黑白。

"大概我的玩笑开大了，让玛丽娅为我担心了。"黑白心想，"幸好北京的夏天很热，轻薄的衣服几分钟就能干。玛丽娅很快就会干透，但她不能没有鞋子，她毕竟不是熊猫……"于是黑白再次潜入水中，游向留在原地的小船。它很快游了回来，坚定地走向自己的俄罗斯妈妈。

"我美丽的鱼儿在你美丽的花朵中遨游，多么美好的画面啊！"黑白说着用一只爪子指向湖水，另一只爪子则悄悄地把玛丽娅的凉鞋放在了她的身边。

"对，这真的很'中国风'。"玛丽娅叹了口气。她想起了画着荷花和小鱼的中国风景画："你的帮助也是中国式的，谢谢你为我拿回了凉鞋，但是你的玩笑却不符合中国的传统。你应该懂得尊重我，珍惜我，而你却只顾自己玩耍！"

"对不起，玛丽娅。我会努力不再让你伤心的。"黑白羞愧地低下了头。

"不管怎样我都是爱你的，黑白。"看到黑白道歉的可爱样子，玛丽娅转过身微笑着张开双臂拥抱了小家伙，表示和解。

他们乘坐出租车离开了公园，虽然都脏兮兮的，但他俩都心满意足，愉快地回忆着刚刚度过的这一天。

十二　喀秋莎

终于有一天，玛丽娅带黑白一起去她的俄罗斯好友家做客。好朋友有个小女儿，名叫喀秋莎，是个非常严肃又聪敏的小女孩。玛丽娅很想介绍他们认识，给他俩带来不一样的快乐。

喀秋莎不喜欢当小孩。她的梦想是快快长大，成为像玛丽娅阿姨那样的科学家。她觉得玩玩具很无聊，所以从五岁开始就一直与书为伴。喀秋莎的父母是外交官，在大使馆工作。喀秋莎学汉语，而且汉语说得已经很不错了。不过，她没有什么朋友。

半年前，父母给喀秋莎买了一只小狗，希望能让小女孩快乐起来。不然，七岁的喀秋莎几乎从来不笑，这怎么行呢！

当得知玛丽娅阿姨将带着一只真正的大熊猫来家里做客，全家都激动不已。大家都希望大熊猫可以帮助小姑娘恢复活泼和天真，重新开始玩小孩子该玩的游戏。他们花了很长时间琢磨用什么来招待客人，甚至从房子拐角处的超市买回了竹子。

客人进门的时候，个头矮小却十分勇敢的小狗站在主人的脚边，朝着陌生人叫个不停，它认为自己这样做是在保护主人。"戎戎，安静！"喀秋莎安抚着它，"这是自己人，快来认识一下吧！"她边说边向冰箱走去，去拿竹子。

玛丽娅和喀秋莎的妈妈拥抱问候，两个闺密太久没见面了。大熊猫则慢悠悠地进了房间，小狗警惕地跟在它后面。

"有什么好叫的呢？"熊猫充满善意地问道，"反正你对我什么也做不了！你那么小，我这么大！"

"真的吗？"戎戎气愤地跳起来，一口咬住毫无防备的大熊猫，竟然从它后腰上咬下了一撮毛。

"你，你为什么咬我？"大熊猫愕然道，惊慌之下，它顺着窗帘爬上了最近的窗台。

"谁让你胡说八道！你是客人，但这是我的地盘！"小狗吠叫着。

"你的地盘只是在地上，在这里你就抓不到我了！我会跳，还会爬高，我是大熊猫！"熊猫骄傲地说着，往窗台高处躲去。

"我是纯种俄罗斯牧羊犬，我也会！再说，我住在这儿，这是我家！"小狗开始助跑，居然一跃跳上了隔壁的窗台。

窗子半开着，戎戎一时刹不住脚冲了出去。它是一只普通的小狗，小狗们会跳，但不会爬高或者飞翔。倘若不是窗外有根细细的管子，它早就直接从六楼摔下去了。

说时迟那时快，熊猫迅速推开眼前那扇窗，爬到外面，顺着墙壁朝着岌岌可危的小狗爬了过去。它用自己的尖爪子抠住砖墙的缝隙，尽量在水管上保持平衡，小心而平稳地移动着，按照父亲教过的那样。走出第八步的时候，熊猫终于咬住了小狗后脖颈上的毛，就像熊猫爸妈叼幼崽那样叼住了小狗，可惜一个没站稳，它俩到底还是一块儿向下"飞"去。

"还是坐着飞机飞比较好。"这个念头从熊猫脑海里一闪而过。它看到三层楼的高度处有一根较粗的树枝，立刻开始在空中调整姿势，尽量接近树枝，直到完美降落在了上面。

三楼的一个房间里有个小男孩正在庆生。他叫杨明，今天是他的七岁生日。就在他刚刚吹灭蛋糕上的蜡烛，全家开始欢呼的那一刻，他一抬头，正好与熊猫四目相对。

黑白坐在正对窗口的树枝上，好奇地望着桌上漂亮的蛋糕，怀里还抱着一只可爱的缩成一团的小狗。它俩看上去就像两只毛绒玩具。

"爸爸妈妈送给我一只毛绒熊猫和一只玩具狗！"杨明大声说，"谢谢爸爸妈妈！"说着冲到窗边打开了窗户。

当发现大熊猫是活的时，大家几乎惊掉了下巴！大家还愣在那里的时候，黑白不疾不徐地从窗台上下来。"生日快乐！"它礼貌地点点头，不忘用爪子接住戎戎，"这里所有的客人都可以吃蛋糕吗？"人们还没来得及回答，门铃就响了起来。小狗不顾一切地从毛茸茸的熊猫爪子里逃了出来，向门口飞奔而去。

门口当然是焦急万分的玛丽娅、喀秋莎和喀秋莎的父母，他们一把抓住两只小动物，又是抚摸又是安慰："发现你们不见了，我们都急死了！"玛丽娅医生不停地说，喀秋莎则紧紧抱着小狗，微笑地望着黑白，满眼感激。

"你们好！你们是我们的邻居吧？"杨

明问。

"欢迎！欢迎！进来坐吧！"他的爸爸盛情邀请大家。

两个家庭和宠物们愉快地度过了一段美好的时光。大人们不仅相识了，而且了解到，杨明的父母即将去莫斯科工作——差不多正是喀秋莎全家回莫斯科的那个时间段。

"真是太巧了！我们两个家庭都会在莫斯科生活了。请让孩子们成为好朋友吧！"杨明的妈妈请求道。

当大人们讨论严肃话题的时候，黑白、戎戎、杨明和喀秋莎一起尝试了各种游戏：追人、搭积木、捉迷藏。喀秋莎被黑白逗得笑个不停，她不苟言笑的严肃劲儿早不见了。谁不知道，大熊猫多么会逗人开心呀，当它们特别想取悦你的时候，即使是世上最冷酷的人也会被瞬间融化！

十三　新的历险

北京动物园里，人们一早便忙作一团，大家正在等待一个重要的团组。这个团组将决定由哪只大熊猫以友好大使的身份前往俄罗斯。最佳选择当然是大林——黑白的爸爸。它既健壮又严肃，而且拥有丰富的与人类交流的经验。

一群西装革履、不苟言笑的叔叔阿姨正跟着动物园园长朝着它的笼子走来。大林毫无悬念地给他们留下了深刻的印象。

"这是一只真正的大熊猫！"他们感叹道。

"是的，它是大熊猫一族的优秀代表。"院长骄傲地表示赞同并补充说，"它体重一百五十公斤，身高一米八，一天能吃掉二十公斤竹子，那可是一座小山一样的量啊！"

"可它是一只成年大熊猫。"一位短发阿姨犹豫地说。

"但也因此很有教养，很稳重。"另一位戴眼镜的叔叔反驳道。

"通常被派驻国外的熊猫是一对儿，它有伴侣吗？"系着红领带的叔叔问。

"有。"园长忧心忡忡地回答，"但我们不能惊扰它，医生也不允许它乘坐飞机。小莉经受了太多的考验，额外的压力对它的健康有害。而且它还有两个小宝贝需要照料，幼崽还需要健康成长半年才成年。"

"那我们干脆半年后接走它的一对幼崽好了。"那个短发的阿姨建议道，"你们正好可以在这里好好培养它们一番。"

"恐怕它们不太适合完成这么重要的国家使团任务。"园长一边想着黑白，一边礼貌地回答。他一想起那个小淘气让整个动物园不得安宁的各种经历就心慌得不行，实在是不希望别人再经历一遍了。小家伙太爱冒险了，甚至可以无中生有制造事端。

园长想着想着不由得笑道："本人仍然建议大林代表中国前往俄罗斯。一只强壮的、优雅的、聪慧的大熊猫一定能够赢得俄罗斯朋友们的喜爱，受到莫斯科动物园游客们的欢迎。"

于是就这么定了下来，手续办得很快。工程师们准备了专门的旅行转运箱。医生和动物学家一起为大林做了身体检查，并备足了路上可能需要的各种药物。食品公司运来了一百公斤新鲜的竹子以备大熊猫最初几天食用。照顾大林的都是经过特殊训练的专业人员。航空公司派遣专机运送。负责护送友好大使大林并将它转交俄方的中方团队阵容强大，有政府官员、学术界和文化界的代表，当然还有庞大的扛着摄像器材的记者团。

黑白也听说了这些准备工作，它多么希望自己能亲眼看看爸爸是怎么被送往俄罗斯的呀！哪怕就一眼也好呀！它对俄罗斯这个国家并不陌生，因为玛丽娅常常给它讲各种关于俄罗斯的故事。"要是我也能去就好啦！"黑白在那个重要日子来临的前夜幻想着。

熊猫爸爸和全家道别后，现在已进入行前休息。黑白听见爸爸平和的呼吸，同时感受到心爱的妈妈温暖的体温，看着妹妹花花正四仰八叉地躺在地上酣睡。"全家在一起真好啊！"黑白想，"我是多么爱它们呀！"幸福与不安的情绪同时充满了熊猫宝贝的心，它失眠了。

它小心地从妈妈身边挪开，爬到围栏边，仰望天空。星星们在悄声低语，试图向它预告伟大而传奇的未来，然而黑白听不见，它听到的只有那些忙着把青竹装上货车的人们的交谈声。于是黑白轻松地翻过栅栏，想去看装车。

好奇的熊猫宝贝完全没有注意到它正好落在了自动机械臂的前面。机械臂将它和鲜嫩的竹子一起抓了起来，又扔进了一个大箱子。黑白一下子进入了竹子的王国，上下左右全是竹子。很快箱子就装满了，工作人员熟练地盖上盖子还打上了封条。

"看来，我又要开始新的历险了。"找到一个舒服的姿势后，黑白自言自语道，"第一点很清楚，那就是我得和爸爸一起去俄罗斯了；第二点也很清楚，箱子上有眼儿，我可以呼吸；第三点更加清楚，食物充足。唯一的问题就是我又未经允许逃跑了。爸爸让我照顾妈妈和妹妹，现在我可怎么照顾呢？好吧，木已成舟，还是等早晨再说吧！早晨比晚上头脑更清醒啊！"它想起玛丽娅的话，叹了口气，随即便沉沉睡去。

早晨的忙碌之中，没人关注黑白的去向。爸爸妈妈当然因为没有看到黑白出来挥手告别而深感失望，但它们以为小黑白是因为父亲的离开过于难过，躲了起来，不想被人看到。只有花花一直瞪着小眼睛四处寻找，它确信哥哥又逃跑了。

黑白此刻正甜甜地睡在竹子堆里，已在梦中神游俄罗斯了。

十四　做噩梦的小白熊

抵达莫斯科后，嫩竹子被卸在了熊猫馆外面。睡饱了的熊猫宝贝伸了个大懒腰，从竹子堆里爬了出来："一切已无法改变，就让我入乡随俗吧！"它边想边开始四处游荡，熟悉环境。

此刻熊猫馆主场里正热闹非凡，各路记者、官员一起簇拥着黑白的爸爸，欢迎它的到来。大林已潇洒而荣耀地开始当起真正意义上的外交使节。

黑白的个头儿可比爸爸小太多了，而且它也不打算成为外交官，负责维护两个国家及两国人民的关系——这份工作可不是一般的熊猫干得了的！

黑白在熊猫馆外绕着圈子思考生活的不易。忽然它听到右边传来一声大喝："喂，你好！你是谁？"一只少年白熊好奇地打量着黑白。

"我是大熊猫！吃竹子的熊！"黑白骄傲地回答。白熊耸了耸肩。

"鱼，吃不吃？"说着，白熊把盛着鱼的托盘向它推了推。

"我不吃鱼，我吃竹子，嗯，还吃苹果。"

"你怪怪的哦！所有的熊都爱吃鱼。另外你的颜色又白又黑的，你可能还真不是熊。我们动物园里什么动物都有……"

"准确地说，我叫熊猫，不过我们家乡的动物都认为我们是真正的熊！我们是那片山上最有劲儿的大力士哦！那你是谁呀，你的黑毛跑哪儿去了？"

"我们身上就不该有黑色的毛发。"小白熊回答，"我们是北极熊，我们就应该像雪一样白。我们生活在雪地里，在雪里藏身，在雪里捕猎。"

"到处都是白雪的地方在哪里？还能全家住在雪堆里？"黑白表示怀疑地说，"我们那儿只有山顶上有雪，但雪都在石头上。居住的话最好是在山洞里或者窝里。"

"在我们北极只有雪，当然也有冰和水，还有鱼。你知道那里有多美吗？莫斯科的冬天也会下很多雪，到时候你就会挖雪洞了，而且还会头朝下跳进大雪堆呢！"

"不大可能吧。"熊猫咕哝了一句，它这辈子还没见过能往里跳的厚雪堆，更不要说住在里面了！

"好吧，吃竹子的熊，咱们交个朋友吧！我叫乔玛。我觉得在这儿很寂寞，爸妈有自己的事，弟弟不会跟我玩，因为它比我小，而且特爱哭。"

"它为什么哭呀？"黑白追问。

"妈妈说，它不好好睡觉，所以睡不够。"小白熊回答道，"白天也不好好吃饭，也不爱玩。大夫常常来看它，还给它开了药，没用。"

熊猫听到小熊仔在哼唧就凑近小窝："我可以进来吗？"它那颗好奇而充满善意的大脑袋挤进了洞口。

"你是谁？"毫无防备的小熊仔吓得忘了哭，而当它看到黑白灵动的小眼睛和到处乱闻的黑鼻头，又一下子被逗乐了。

"我是你的朋友，大——黑——白呀！"熊猫拖着长音说着，整个钻了进去，"你刚才为什么哭呀？"

"我害怕睡觉。"小熊仔说。不知道为什么，它觉得眼前这只善意的带黑斑点的熊很值得信赖，便将自己的小秘密和盘托出："我老觉得床底下藏着可怕的东西，所以睡不着，又不好意思找妈妈——我已经长大了，早就该自己睡了。要不，你坐下来陪陪我，我睡一会儿？"小家伙哀求道。

"那我坐会儿，你睡吧！"熊猫笑答，"我保护着你，不会有谁伤害到你的。"

白熊弟弟把自己的小鼻子埋进黑白毛茸茸的腰身，随即甜甜睡去。与此同时，熊猫的脑海里灵光乍现：给白熊弟弟送一个毛绒玩具。黑白在北京动物园见过很多小孩子都是带着自己的毛绒玩具逛公园的，而妈妈们则会直接把玩具放进儿童车，放到哭闹的孩子身边。

"小宝宝们都能安静下来，小熊仔也一定能睡着。"熊猫想，"小事一桩，但去哪儿买毛绒玩具呢？"

它忽然想到玛丽娅医生！

"她应该就在附近，她会帮我的。"熊猫小心地挣脱熟睡的白熊弟弟，让自己的嗅觉全开，向着动物园的人类活动区走去。

人类在一栋三层楼房里工作，里面的味道五花八门。

灵活躲避着陌生的人类，熊猫爬进了二楼拐角处的办公室。玛丽娅医生正忙着把毛绒熊猫分装进不同的塑料袋。从熊猫基地回来，她给同事们带回来很多纪念品。

"玛丽娅，请你送我一个玩具吧！"黑白对她说道。玛丽娅吃惊地一屁股坐在了椅子上，随后哈哈大笑起来："哈哈，有谁怀疑过呢？只要有一丁点儿冒险的机会，这个小家伙就绝不会放过的呀！"

黑白向玛丽娅讲述了它的旅行和新交的朋友——北极来的小白熊和白熊弟弟。不敢久坐，它带着毛绒玩具踏上归途。

白熊弟弟醒来时发现旁边有一只小小的毛绒熊猫，它笑着，紧紧地抱住毛绒玩具，重新甜甜睡去。

而黑白终于决定去向父亲承认错误。父亲当然埋怨了一番，然后沉默了一会儿，又批评了几句，最终还是决定利用这个机会多教教黑白练习太极拳和武术。

人类在这段时间里想方设法为黑白办理相关手续。它需要护照和俄罗斯的居留许可。问题是世界上的大熊猫都属于中国所有，在黑白之前，从来没有哪只熊猫"偷渡"过国境。

一个星期过去了，莫斯科动物园里的生活本来宁静而美好，但动物园里的动物们，尤其鸟儿们，无论白天还是黑夜，总会发生一些莫名其妙的事情，这与黑白自然脱不了干系。它交到了很多新朋友，并且跟这些新朋友一块儿经历了很多奇妙的事情。

熊猫父子的手续办理得十分缓慢。中方建议让熊猫父子借住在中国大使馆里，当然是暂住。而另一对熊猫——如意和丁丁已被选定来代替大林，它们将在夏末抵达，届时大林父子则将被送回中国。

十五 黑白想家了

　　黑白仰躺着，眼睁睁地望着月亮发呆。在那个离莫斯科很远的地方，在中国，生活着它心爱的妈妈和妹妹，而它就这么离家出走了。妈妈当然早就原谅了它，并且也像它想念妈妈那样想念着自己的孩子。然而熊猫宝宝实在没有勇气给妈妈写信或者打电话。"要是它生气地骂我呢？"它惴惴不安地想，"也许更糟，也许它会哭……那我该说什么好呢？万一我弄得它更伤心呢……"

　　因此它就这么躺着仰望夜空，把小爪子垫在了脑后。它思绪万千，回想着自己短暂却已充满各种冒险经历的"熊生"。

月亮给熊猫宝贝带来了些许忧伤的情绪，担忧、悲伤、思念……不知不觉，一首熟悉而美丽的小诗浮现脑海："床前明月光，疑是地上霜。举头望明月，低头思故乡。"

在家的时候，妈妈为小黑白吟诵过。那时候在中国，月亮又圆又亮，那里的竹子并不生长在温室里，而是在山林中……

好诗！可黑白不是好孩子，不听话。所有的中国孩子都应该听父母的话，都应该勤奋而谨慎，并且一定要成为一个成功的人，这样全家上上下下、老老少少都会为有这样优秀的亲戚而感到骄傲。而熊猫宝宝居然让妈妈伤心了——未留只言片语就走了，连打个电话都不敢，还怎么成为妈妈的骄傲呢？

它当然梦想周游世界，但不是现在，要等到再长大一些。现在它应该在妈妈身边，就像它向父亲承诺过的那样。

熊猫躺在那里，望着夜空，它忽然发现莫斯科的星空和它家乡中国南方的星空不同。它想起自己在树林里走丢后抬头向星空求助，星星和月亮便为它指引方向。它记得自己当时掉进扬子江的一条支流，被吓坏了。它绝望地随着水流前进，水流把它带进了寒冷的峡谷。在一个山洞里，它遇到了一只体形巨大的老虎。

后来所有人都说，能遇见峡谷守护神是一个奇迹。神虎在熊猫宝贝身边守护了一整夜。从黑夜到黎明，神虎一直在给黑白讲述古老的故事与传说，安抚它，温暖它。

　　"你抬头看看天空，"神虎温柔地说，"看见那里有七颗闪亮的星星了吗？其实那里有九颗，不过现在这不重要。我们管它们叫北斗七星，在远古时代，还有伟大的斗母，她掌管着地上众生的命运。斗母从天上俯瞰众生，并守护他们。"

“也守护我吗？”小家伙半信半疑地问。

“也守护你，”神虎边说边轻柔地摸了摸它的头，“在北方的国度里，它被称为大熊星座。尽管你是熊猫，但也是一头小熊，所以你要记住，这些明亮的星星是在为你闪耀。”

“可是星星们能怎么帮我呢？”黑白难过地问，“它们那么高，而我在下面走丢了。”

神虎笑了笑说："你看到那颗特别明亮的星星了吗？它指示着北方。你只要一直朝着它的方向，再稍稍偏右一点走，就能回到自己的竹林了。大熊星座会一路指引你，确保你一路平安。但千万不要忘记礼貌地对待你一路上遇见的所有朋友，想办法尽己所能地帮助它们。"

　　那天早上，当黑白从梦中醒来，大老虎已不见了踪影。黑白于是怀疑，它是不是做了一个梦。但它在峡谷入口处看到一座美丽的雕塑，像极了那只睿智的大老虎。雕像下面刻着的文字告诉它，昨夜它是在中国南方最危险的地方度过的，这里就是云南的虎跳峡。

　　此刻，躺在中国大使馆外的公园里仰望夜空，黑白找到了大熊星座，于是在心底请求道："大熊母亲啊！你在天上无所不知，你知道不是我的错，这是个意外。我该怎么做才能不被妈妈骂，才能让它不生我的气呢？"

　　"做你该做的事，一切都是最好的安排。"一个不知从何而来的声音忽然闪过脑海。

　　"多么睿智啊！"黑白感叹道。

　　"黑白，你怎么还没睡？"熊猫爸爸对它说，"快睡觉！明天一早我们就要开始训练了。早上要给妈妈打电话，别忘了！它向你问好来着，它说会等你的来电。"

"原来，这就是答案！"黑白开心地想，"也就是说妈妈全都明白了，也原谅我了。太谢谢你啦，大熊星座！"

黑白又看了一眼那些忽然变得平淡无奇的星星和月亮，翻了个身，找到一个最舒服的姿势睡着了。它梦见善良的妈妈高兴地把心爱的儿子拥在怀里；梦见花花妹妹和它玩捉迷藏；梦见留在中国的好朋友们，它们微笑着向它挥着小爪子，而在它们身后站着一头巨大的浑身闪烁星光的大熊。大熊为黑白指引着一条与众不同的命运之路，那里充满艰难险阻，有无数的挑战、未知的奇缘和惊人的冒险。黑白欣然接受，因为这正是它梦寐以求的生活呀！

十六 初遇米舒特卡

在中国大使馆旁边的公园里有一棵大树，树上坐着一只两岁大的小棕熊，它的名字叫米舒特卡。按理说它还十分年幼，但它却非常确信自己已能够离开家独立生活了，它还要努力学习，之后要成为著名的科学家。不过目前，它正在寻找合适的，可以在上面建造小房子的大树，而且那里要能容纳它的全部书籍，那些妈妈说"家里没地儿放"的书。它从地铁站那边就开始寻找它的树了，已经看过二十多棵老枫树，仍然没有中意的。远处几株大橡树隐约可见，小熊非常寄望于它们。此刻，小熊爬上了最后一株高大的枫树。

坐到树冠上的小家伙环顾了一下四周。从这里看到的风景实在是太美啦：两条满载着明亮车灯的大街，莫斯科国立大学高大壮观的主楼，中国大使馆长长的办公楼，还有宁静的友谊小街……

它的目光向下游移，看到了正在公园里休息的人们，尤其是一位推着童车的阿姨和一只长得像自己的小熊。

那是一只很奇怪的黑白双色的熊，脑袋和躯干是白色的，耳朵、眼睛周围、胸膛到爪子都是黑色的。它看上去像个游客，因为它一直不停地拍照。它摆好照相机，跑开几步，迅速转身，摆个自我感觉很帅的姿势，嘴里念叨："一、二、三！"然后跑回照相机那里，就这样不断重复。

小熊仔细观察着这个新来的游客，看它仍然毫不知情地在那里继续各种摆拍：一会儿靠在树上，一会儿跳跳，甚至还在快门"咔嚓"之前攀上最矮的枝条。

好奇害死猫——也包括熊！米舒特卡爬到了树枝的边缘，一个没抓住，掉了下去。

黑白——还能是谁，它刚一发现有什么东西从树枝间掉落下来，便冲了上去，边跑边想："我就不能不遇上事儿吗？在这么安静的公园里，也能让我遇上奇葩事。"它已来不及多想，

向着坠落的小棕熊飞奔而去。熊猫跑到树下，屏住呼吸，绷紧小身体——就像父亲教过的那样，同时尽力伸长它的小爪子，试图接住那个棕色的绒球，但因为它俩体量不相上下，结果两只小熊一起滚到了草地上。

"你怎么这么沉？"熊猫抱怨着，从米舒特卡身下钻了出来。

"对不起，我不是故意的。"米舒特卡边爬起身边道歉说。

黑白双色的小熊沉稳地向后退了一步，举起爪子行了个礼，说："你好！"

"中国熊！"米舒特卡心想。它立刻想起曾有中国的杂技演员到大马戏团来巡演，他们总是这样对大家说"你好"。

米舒特卡飞快地从地上爬了起来，抖了抖身上的毛，就像什么事也没发生过那样镇定自若地回答："你好！"

中国熊忽然喜出望外地开始巴拉巴拉地讲话，简直口若悬河！它一会儿上下左右地比画着，一会儿点头，一会儿跳起来，一会儿又弯下腰……忙了好几分钟后它才发现俄罗斯小熊仔根本什么也没听懂。原来除了一句"你好"，小棕熊就一句中文也不会了。

然后中国熊开始慢吞吞地讲俄语。米舒特卡这才得知这只黑白双色的小熊是大熊猫，它跟爸爸一个月前才从中国来到莫斯科，住在中国大使馆院内，离米舒特卡的公园、莫斯科国立大学和亲爱的大马戏团都很近。还得知熊猫妈妈留在了中国，它起初并不知道孩子出国了——因为熊猫宝宝没有告诉它，妈妈很伤心。

米舒特卡还得知，熊猫宝贝在中国的时候就开始学俄语了，老师就是它的第二位妈妈——俄罗斯的生物学家玛丽娅，玛丽娅还曾经救过熊猫宝贝的命哦！

而在这里，在莫斯科，熊猫宝宝已经游遍了中国大使馆周边的地方，最重要的是，它在植物园里找到了一片鲜嫩的竹林。原来成年大熊猫除了竹子，基本什么别的东西都不吃。

熊猫还讲了自己环游世界的梦想。它计划从俄罗斯开始，学好俄语，了解俄罗斯，然后继续出发。

熊猫宝贝讲述着自己的故事，米舒特卡专心地倾听，一言不发，而当熊猫终于安静了下来，米舒特卡忍不住问道："你刚才拍照的时候一直不停重复的那些奇怪的单词是什么意思？"

"它们一点儿也不奇怪，那是中文的'一、二、三'，我只不过是想充分准备，以在最佳时机拍出最好的照片。"熊猫笑答。

"多有趣的熊猫啊！如果我们能成为好朋友该多好啊！"小棕熊想。

"如果我们能成为好朋友该多好啊！"熊猫想。

十七 新朋友

　　两只小熊坐在大橡树高高的粗枝条上开心地交谈，它们兴致勃勃地倾听着对方的故事。橡树是它俩一起找到的。米舒特卡将在这棵大橡树上建造自己的小房子，熊猫答应帮忙。

　　米舒特卡刚开始讲到它梦想学好汉语，忽然惊愕地发现："嘿，我们还不认识呢！你叫什么名字？"

　　"我叫黑白。"中国宝宝骄傲地用中文回答。

　　"这么长的名字！"米舒特卡惊道。它认识的中国杂技演员名字都很短：李、张、大伟……

　　"当然不是！"熊猫笑道，"这是我用中文在说'我的名字叫黑白'，我的名字可以翻译成'黑白'。"

"为什么会起这么个名字呢？"小棕熊问。

"你难道看不出来吗？"熊猫宝宝一边笑，一边眯着小眼睛在树枝上扭动它那黑白两色的毛茸茸的身体，全方位地展示着自己。

"在我们俄罗斯，可没有这样的名字。通常父母会从已有的人名里选择喜欢的名字给自己的宝贝，所以常常会有同名的情况，就是说会有人和你叫同一个名字。"

"在我们那里，父母自己会给孩子想名字。你知道父母能创造出多少美丽的名字吗？丽丽、小花、白云、晓光、博文、明月……"

"真的呀?！那你的名字还算简单明了的呢！"米舒特卡感叹道。

"当然啦！简单明了，最重要的是短小！瞧你们俄罗斯的名字，都那——么长！"

"姓、名、父称……倘若是波波夫·伊利亚·伊万诺维奇还好说，如果是……"黑白闭上双眼，努力地拼读起来，"何立司特罗日杰斯特文斯基·康斯坦丁·亚历山德罗维奇，天哪，舌头都打结了呀！你们那个可恶的卷舌音，我练习了一整年，什么办法都用过了，嘴里含着水练习发音，照着镜子练习发音……我们中文里根本没有这个音，词汇也都很短。所有的词，都！很！短！我们说话就可以很快，而且一点儿也不难……"

"啊！"米舒特卡坏笑着摇摇头，"不难？是又难又快吧，人家根本来不及反应的好嘛！"

"你要学会快速思考哦，等你开始说中国话，你的思维就快起来了！"

"会快速思考可真好！"小熊默默地想。它梦想自己能学会很多种不同的语言，然后博览群书，成为伟大的科学家。

"你又在想什么呢？快点学起来吧，我教你！刚才我用中文说'我叫黑白'，现在我用中文问你，你叫什么名字？"

"没听懂……"米沙困惑地说。

"'你'就是 ты，'叫'就是 называешься，'什么'就是 каким，'名字'就是 именем，你叫什么名字？"

"米舒特卡，"小棕熊开心地笑起来，还勇敢地补

充道，"我叫米舒特卡！"

"这个名字太长了。"黑白抱怨。

"那就叫我米沙吧！"厚道的米舒特卡老实地回答，"我们的名字还有各种不同的叫法，比如可以叫我米海依尔、米海洛、米沙、米申卡、米舒特卡、米士卡……妈妈在家管我叫米舒特卡。"

"好吧，我就叫你米沙吧！你也离家出走了吗？"

于是米舒特卡给黑白讲述了自己的故事。

十八　离家出走的小熊

在位于威尔纳茨科沃大街上的莫斯科大马戏团里生活着一家熊演员：爸爸是壮汉博大普，妈妈是演员刘霞，还有他们的儿子——米舒特卡。米舒特卡半岁的时候，也开始了它的表演生涯。

小熊仔不想骑自行车，也不喜欢按照驯兽师的要求在地上打滚儿，并且它很"社恐"。

"它不可能成为马戏团演员了，"熊爸爸咕哝道，"一点儿不随咱们，完了，马戏熊世家就这么完了。"

"也许它会找到更适合它的事，在别的方面？"熊妈妈满怀希望地说。

有一次，演出的时候，米舒特卡没有抓住抛给它的圆圈。晚上熊爸爸便训斥了它："行行好，告诉我，你在场上想什么来着？为什么不去接圆圈，反而去看观众？你们的节目差点被毁了，幸亏你妈妈救场，还不去谢谢她？"

"谢谢！"小熊仔轻声说。

它此刻怎么可能向父亲承认，当时，第一排观众的交谈深深吸引了它。一位爸爸

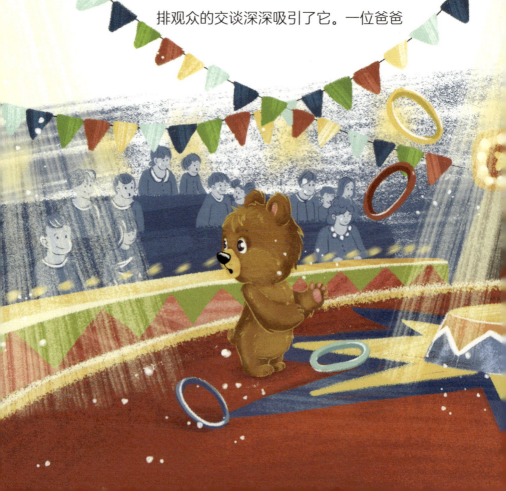

对一个小男孩说："学习外语可以帮助你看到更广阔的世界。"米舒特卡想起当时它听得入神，并且开始想象自己能学会很多不同的语言，然后走遍世界，在旅行中学习很多很多东西。

　　熊爸爸此时愈发生气了："你看看中国的孩子，都听父母的话，一代一代传承衣钵，铭记祖辈，你呢？你的熊脑子里哪来的当科学家的念头呢？我们是大马戏团的熊演员，我们要以

此为荣！"

米舒特卡沉默不语。它能说什么呢？父亲永远是对的，可是书籍比舞台和观众的掌声更吸引它。它一边委屈地低下头，一边想，也许连妈妈也不理解它吧。

小熊挨了骂，也挨了罚，甜点都被取消了。它又委屈又难过，一宿没睡，最后决定逃离马戏团。这意味着离开家，离开父母，进入完全未知的世界。"就这样！"米舒特卡想，"它们迟早会明白，它们是错的！等我长大了，功成名就，我就能证明给它们，熊不是只会在马戏团当演员！"

小孩子往往会在复杂情况中茫然无措，他们会以为，父母批评他就是不爱他。孩子常常把话憋在心里，积攒负面情绪，而不是通过诚恳的交流，坦承自己的诉求，结果就会莽撞行事，之后所有人都会因此遭受折磨。就像米舒特卡，它毅然决然地收拾起自己的书籍、衣服和心爱的小被子，在夜幕笼罩下从马戏团跑了出去。

小熊不知道要去哪里，害怕走得太远。在热闹的城市里，与人类和小狗共同生活太危险，于是它依靠自己的本能直觉，用鼻子追寻着大树的气味，走到了莫斯科国立大学植物园。可是植物园被高大的金属栅栏保护着，小熊只好继续往前走。它等到马路上的车辆都过去了之后，飞快地横穿马路，径直来到了大使馆公园。这里棒极了，长满了高大的树木、茂盛的灌木丛，还有一个圆圆的湖。

"我好像找到适合自己的林子啦！"小熊非常开心。它把行李拉上了最近的一根粗树枝，自己爬到更高的地方打起了瞌睡。这时刚好晨光微露。

朝阳升起时，米舒特卡环顾四周，发现它真的很喜欢这个地方。只差找到一个合适的，可以装下小屋的树冠了，以后它就可以在里面读书学习啦！首先，它吃了个早餐——两个从家里拿出来的妈妈做的馅饼，然后一边躲避人类，一边开始寻找它要安家的大树。

新朋友是米舒特卡刚刚爬上最后一棵枫树时遇到的。

米舒特卡向它讲述了自己的故事，并问道："倘若是中国孩子，会怎么做？难道他们真的都很听话吗？"

黑白想了想回答道："你要明白，在今天的中国，孩子们学会了独立思考和自主决定，早就没人强迫他们去过他们不想要的生活了。不过，人类也好，动物也罢，都会听取父母的意见。父母也曾是孩子呀，他们走过了长长的人生路，而且，他们永远都希望自己的孩子幸福美满！其实，每个家长都会用自己的方式爱孩子。有时你觉得妈妈或者爸爸只会批评、惩罚、管教和强迫，但是除了亲人，还有谁能把你的缺点和不足诚恳直接地告诉你呢？还有谁能教你自律和担当？还有谁能帮助你成为有责任心的、聪敏的好孩子？还有谁最了解你的天赋并帮助你更好地全面发展呢？没有父母的良苦用心和辛苦付出，没有他们的严格管教，这一切几乎是不可能实现的呀！"

"那我该怎么办呢？"小熊点点头又摇摇头问道。

"再清楚不过了呀！"熊猫说，"现在需要尽快通知你父母，告诉它们你一切安好。你需要向它们道歉，让它们为你担心了！并且要坦诚地把你关于未来的想法告诉它们，除了马戏团，还有很多其他的地方可以让你发现自己的优势，发挥自己的特长，成就自我。"

"好吧，也许你是对的。但是如果父亲又开始骂我，该怎么办呢？"

黑白若有所思地说："给它们写封信吧！"

家信是两个好朋友一起写的，然后米舒特卡立刻把信送到了马戏团。当看到妈妈发现信以后非常高兴，小熊才从藏身的地方走了出来。妈妈抱住它，眼含热泪地说："记住，我们永远爱你。当然，我们很希望你也能成为优秀的马戏团演员，但我们不会强迫你的。去看世界吧，去学习，去寻找你真心喜欢的事吧！我们永远在家里等你。"

后来，米舒特卡虽然觉得有点尴尬，但还是和父亲进行了一次严肃的对谈。

"看来，我的儿子长大了。"父亲微笑着拍了拍小熊的肩膀，"好吧！祝你一路平安！"

米舒特卡怀着一颗轻快的心向自己的树飞奔而去。它终于没有负罪感了，也不再感到气恼和委屈。原来，和亲人开门见山地畅谈是这么简单的事啊！它从家里带来了妈妈做的馅饼，一个新枕头和爸爸送给它的一支学习用的漂亮的笔。

十九　黑白受罚

　　黑白在中国大使馆旁边的公园里走着，爪子里攥着一个圆筒状的东西，走到枝繁叶茂的椴树跟前，便在树下的草地上坐了下来，无奈地展开圆筒——里面并没什么特别的东西，只不过是几张纸和几支铅笔。

　　熊猫调整了一下坐姿，开始写字。半小时就写完了一摞纸，它拿出一节嫩竹子啃了几口，心情暂时好了起来，但当它重新面对汉字时，沮丧的情绪再次涌来。

　　黑白写呀写，非常努力，满头大汗，还自言自语地咕哝着什么。

"你在那儿咕哝什么呢？"栅栏外传来熟悉的声音，是米舒特卡来找好朋友了，约它一起去公园爬树。

"我没咕哝，我在写字，写一百个'不'字。"

"给我看看！"米舒特卡灵巧地翻过栅栏，坐在了熊猫的身边。

"看吧，"黑白叹了口气，"我还得写呢，还剩下二十遍。"

"你为什么要反复写同一个字呢？"

"爸爸罚我写的，为了让我记住不能擅自跑掉，还要按时回家。"

"那为什么一定要写这个字呢？"

"因为我不喜欢写这个字。所有的笔画都朝着不同的方向，总有地方写不到位，难看死了！"

"你写给我看看呗！"

"你看，"黑白欣然展示，"先写一个横，然后是撇，之后从中间这里写一个竖，可右边这里还有一个小捺，很难写的一个字！"

"这个字长得多像你最爱的竹子呀！一模一样！"米舒特卡边说边把一节刚被啃过的竹子举到熊猫眼前。

"真的耶！"黑白吃惊地说，"我怎么没注意到呢？"

"这怎么能看不出来呢……"米舒特卡道。喜欢画画的它非常细致，也很有耐心。

黑白把写完的字拿回家交了作业，又折返回来。米舒特卡一直在想中国人是怎么惩罚小孩的，于是熊猫告诉它，通常惩罚并不可怕，但总是会有各种麻烦——要么增加功课，要么减少零食。不过即使父母惩罚小孩，那也是因为爱孩子，为孩子好。如果逼孩子学习，那也是为了让孩子将来找到好工作，拥有富足的生活。

"你知道，中国人太多了，几乎是俄罗斯人口的十倍，而所有人都希望好好学习，有好的工作和生活。"黑白总结道。

"在我们俄罗斯，所有人也都想过好日子呀，"小熊叹了口气，"对我们来说，最可怕的惩罚就是惹妈妈生气。哪怕一个礼拜吃不到零食也比这样强……真不想让妈妈失望啊，可是完全不闯祸也是不可能的呀……"

"就是说呀，根本不可能嘛！"熊猫赞同地说。

"我们这是往哪儿赶呢？"米舒特卡改变话题问道。黑白沿着湖畔快步走着，小棕熊都快跟不上它了。

"吃好吃的去！还能有什么事值得这么着急呢？"

"你们大使馆里没有晚餐吗？"

"有啊，爸爸那里有堆成小山的竹子，从中国运来的。但是咱们要赶到植物园去，晚上五点到七点是最佳时段，刚好可以进到长满鲜嫩竹笋的温室哦！我们中国晚上六点是晚餐时间，天黑之前当然要好好啃啃好吃的啦……"黑白神往地流着口水说道。

"那我为什么这么着急赶路呢？"米舒特卡忽然醒悟，"我又不吃竹子！"

"真遗憾！"熊猫回答，"那就对不起了，我得跑了。"话音未落，黑白瞬间消失在莫斯科国立大学的围墙拐角处。

留在原地的小熊惊奇地望着熊猫一闪而过的背影，没想到这只慢悠悠、懒洋洋的竹子爱好者跑起来居然这么快！另外，它认为，黑白一定能成为真正的书法家。因为，熊猫爸爸在得知植物园的事以后，一定会"鼓励"黑白加倍好好学习。

爱着并惩罚着自己的孩子，痛并快乐着呀！

二十　小熊造房子

　　米舒特卡和黑白天天见面。自从它俩一起在公园里找到了那棵最棒的大橡树，米舒特卡就常常跑到树下转着圈儿看呀，怎么都看不够，它想象着自己在这棵树上的新家会是什么样子。

　　有一天午饭后，黑白远远就看见了自己的好朋友。它正趴在一堆纸上，一只爪子握着铅笔，另一只爪子捏着橡皮。小棕熊专注地画着什么，完全没有发现它的好朋友——那只永远精力充沛的大熊猫正向它跑来。

　　"画什么呢？"黑白好奇地看向图纸。

"这是我未来的家。"米沙回答并问候道,"你好,黑白!"

"你好!"熊猫略显失望地说,"你的小房子看起来不大有趣哦,画得也不清楚,连颜色都没有……唉,我们中国的房子啊……"它向往地说:"塔楼上那些弯弯翘的屋檐、镂空的窗,还有彩绘的屋顶……"

"但我们这不是中国,这里的气候要寒冷得多!弯弯翘的屋檐和镂空的窗子怎么禁得住俄罗斯的寒冬呢?"

"这我还真不知道呢!"黑白点头说,"我还没见过俄罗斯的冬天呢!爸爸和我是春天快结束的时候到这里的。我只是想说,我们那里传统的房舍、游廊、亭台和古塔真的很漂亮!哦,我现在就给你看。"

它掏出智能手机,往前翻过去一整个月的图片才找到它要的漂亮的中式花园,里面亭台楼阁美不胜收,丰富的色彩、弯曲上翘的屋檐、各式镂空的木窗,还有美丽的花纹,数不胜数,让人叹为观止。

"也许我们可以一起建个这样的?"熊猫迫不及待地建议,它实在是想家了呀!

米舒特卡听到黑白准备和它一起造房子,又惊又喜。搭伴儿做事情会更快、更开心。但是看了一眼图片后,它就蔫儿了："我还不会这样造房子呢，这需要长时间的学习。你们的建筑材料怪怪的，技术……也怪怪的。"

"那至少基础部分咱们做中式的吧，不用加装饰了。"

"这是为啥呢？"

"因为我们做的建筑基础部分都是防震的。如果大树因为风力摇晃起来，那和地震有什么区别呢？"

"那好吧。"米舒特卡同意了，"不过你要把建筑图纸和说明书给我拿来哦！"

第二天，橡树上的项目就热火朝天地开工啦！很快框架就搭建好了，屋角处与横梁牢牢固定在一起，小门插入地板，墙壁做得又严实又保暖，之后便开始建屋顶了。

"也许我们可以做得有一点点弯弯上翘的样子？"黑白不死心地问。

"不行！只要一场莫斯科的大雪，我就会变成雪屋里的因纽特人——只不过人家的屋子是雪做的，而我的是木头做的。不能冒险。俄罗斯的房顶要确保雪啊，水啊，落叶啊都能滑下来。"

"要是被雪埋住了，就到我家来住。"熊猫说，"我家可宽敞了。"

"谢谢你，黑白。"小熊真心感谢道，"但是我是不可能丢下我的书和画的。"

房子盖好了。它们决定把外面做成隐形的，所以把房子外侧涂上了颜色，甚至插满了树枝，使房子最终看上去就像折断后掉在树干上的一根粗树枝。黑白再次来看望米舒特卡的时候，甚至根本找不到好朋友的住处了呢！

"喂！出来呀！"它抬头向高处大喊，"咱们也太成功啦！"

"我说什么来着……"小棕熊满意地笑着，小脑瓜从

天窗里倒挂着探出来看向黑白，"快上来吧！"

熊猫爬了上去，看了看这还没有被住熟的新房，真诚地赞叹道："是啊！当然了，我们的亭台楼阁很美丽、很壮观、很靓丽，大老远就非常吸引人们的视线。而你的小房子从外面完全看不出来，但里面非常舒适！就是它该有的样子！"

"最重要的是，它又结实又安全！谢谢你的图纸和照片！"米舒特卡把说明书还给了黑白，但并没有告诉它，自己研究学习并临摹了里面的中式建筑。

"不要害怕做新的尝试，"熊猫教导说，"中国和俄罗斯的技术是可以互补的。不同的文化知识只可能让我们变得更全面，可以让我们的生活和周遭世界变得更便利，更有趣！这是事实！"

黑白忽然看到镜子里有只举着手指在那里比比画画、表情严肃的大熊猫，一下笑了起来。

小熊们整晚都在庆祝乔迁之喜，一边喝茶，一边畅聊中国和俄罗斯的生活。

二十一　几乎比竹子还好吃的小薄饼

　　"听我说，黑白，"某次米舒特卡说，"你以前吃过俄罗斯小薄饼吗？"

　　"当然没吃过，"熊猫回答道，"我们在俄罗斯才住了两个月，而在中国的时候，也没人给我们吃俄罗斯小薄饼。我们有儿童营养餐，然后就是竹子和水果……"

　　"那我请你明天来我家做客吧！我妈妈特别会做馅饼和小薄饼，这可是我们的民族特色美食哦！馅饼你已经尝过了，小薄饼要吃热乎的……

　　"我们还有这样一个节日呢！节日期间大家都做小薄饼、吃小薄饼。这个节日叫谢肉节。春天里整整一周的时间，人们互相赠送自制的小薄饼，有小米面做的、荞麦面做的、黑麦面做的。馅料也有很多种！有甜的，有加鱼肉的，有素馅的。我喜欢什么都不加的、最简单的小薄饼，但一定得是热的、刚出锅的。妈妈刚煎好都来不及放进盘子就被我吃掉了，够快吧！"

"停！"黑白打断米舒特卡说，"连我都不能把食物讲得这么诱人！咱们还是现在就去你家做客吧！"

"不行啦，明天去！"米舒特卡被逗乐了，"我这就去告诉妈妈。"

黑白去做客的前一晚又失眠了。它梦见了五彩缤纷的小薄饼，大的、小的、有馅儿的、没馅儿的……而清晨的最后一个梦里干脆出现了床单大小的俄罗斯薄饼，里面卷了很多剥了皮的鲜竹笋……

"明天晚上"终于到了，哥儿俩迈着整齐的步伐向大马戏团走去。

熊妈妈甩着手上的水珠热情地欢迎它们："原来你是这个样子的呀，黑白！就是，对于熊族来说，有点儿太瘦了！不过，我们可以解决这个问题。"

接着熊妈妈请两个小朋友入座。餐桌上已经摆满了各式各样的小碗，盛着蜂蜜的、盛着果酱的，有的还盛着酸奶油和甜美的炼乳。

"饼呢？"黑白无法掩饰它的失落。

"我正准备开始烙饼呢！"熊妈妈笑道，"你想看看吗？"

"当然，一定很有意思！"黑白说。于是大家走进一个不大的厨房，熊妈妈掌中的大勺子和小煎锅开始上下翻飞，又薄又香的小薄饼便一张接一张飞快地出锅了。黑白目不转睛地盯着熊妈妈把小薄饼抛向空中，而后小饼在空中自动翻转又轻盈地落入小锅。它终于忍不住跃跃欲试，这看起来太简单啦！

熊猫被允许走近灶台。"取一点儿面糊，另一只爪子拿稳煎锅，这样倾斜一点儿，面糊要均匀地铺平整个锅底。"熊妈妈刘霞耐心地指点着。黑白全神贯注，就像父亲教导过的那样，全力以赴完成所有的指令，可是……首先，煎锅是热的；其次，面糊又稀又黏；最后，面糊先是怎么也不肯铺满锅底，然后又怎么也不肯离开锅底，太难了！不过咱们的大熊猫可不习惯知难而退，它用尽全力把小薄饼向空中抛去，再等着饼自己在空中翻身落下。

饼终于离开了煎锅，任意飞翔。厨房里顿时炸了锅，马戏团的演员们都帮着接饼，可因为烫手又不得不丢出去，就这样，它们像打乒乓球一样把小薄饼丢来丢去。黑白不知所措，它忽然发现大家都在开怀大笑，直到那张倒霉的小薄饼像帽子一样盖在了它的大脑袋上。它一边把饼从头上拽下来，一边跟着大家笑个不停。最后它不得不承认，精通太极的它，无论身手多么矫健，反应多么敏捷，跟马戏团演员或者俄罗斯大厨相比，可差得太远了！

妈妈煎了山一样高的一大摞小薄饼，全家围坐在一起享用。熊猫把所有样式的饼都尝了个遍，一小时后它已经撑得喘不过气了。

米舒特卡的妈妈还在不停地给黑白加饼，叹着气说："可怜的孩子，没了妈妈的关照瘦成这个样子！再说，光吃竹子怎么能长大呢？没有蜂蜜，没有薄饼，也没有野草莓酱……"

黑白又作何感想呢？对它来说，最好吃的是加了苹果的小薄饼。熊猫非常喜欢吃苹果，对它们来说，果汁充溢、香甜可口的水果是对它们长时间啃食竹子的奖赏，而苹果和小薄饼搭配起来简直无与伦比！

"你知道吗，米舒特卡？"黑白在回来的路上说，"我真没想到，会有俄罗斯美食让我觉得比中国的更好吃！但今晚，我必须承认：小薄饼真的几乎比竹子还要好吃了呢！"

二十二　安妮雅和丹妮雅

有两个小女孩，一个叫丹妮雅，另一个叫安妮雅，她们住在莫斯科友谊大街。这是一条安静的街，中国大使馆占据了大半条街。使馆对面是一个美丽的公园，公园中间还有一个漂亮的小湖。姐妹俩在父母允许的时候最爱到这个公园来玩啦！

有一天，妈妈带她俩参观莫斯科国立大学的植物园。高大的大学主楼和植物园都离家不远，有时他们全家还会一起到那里散步。夏天快要过去了，金秋时节就要到来了，植物园里姹紫嫣红。导游阿姨如数家珍地介绍着各种花卉的名字和特点。

导游阿姨讲解完就和妈妈在一旁聊了起来，她们可是老朋友了。分享了各种新闻之后，导游阿姨忽然说道："生物系的温室里最近常出怪事，小竹林里总有些竹子被折断，还有被啃食过的痕迹。"

　　安妮雅和丹妮雅知道，竹子是一种能长得很高大的植物。长大了的竹子像石头一样坚硬，而枝干是中空的，像长满了尖尖叶子的圆筒，有谁会愿意吃这种又尖又硬的东西呢？

　　两个小女孩在长椅上坐了下来，开始想象那些长着獠牙的动物。忽然，她们听到了什么动静，继而看到一只大灰猫，它坐在不远处高声叫着："喵喵喵！"安妮雅和丹妮雅觉得很好笑，就跟着它学起了猫叫。趁着妈妈还没结束谈话的空当，她俩便在那里学着猫叫，挑逗起大灰猫来。

　　坐着的大灰猫朝着长椅伸了一下爪子，不知从哪里拿出了一副眼镜，熟练地架在了自己的小鼻子上，严肃地看了看安妮雅和丹妮雅，厉声道："戏弄人很不好！"

　　"猫是不会讲话的，也不会戴眼镜！"安妮雅应道。

　　"我们没想气您，我们只是在玩，"丹妮雅解释说，"请原谅我们吧！"

　　"那好吧，你们很可爱，让我们来认识一下吧。"庄严的

猫先生咕噜着回答，"所有的孩子都知道，在成人世界的旁边有一个巨大的童话世界，但很少有人真地见过它。本猫——猫博士，正是通往这个奇幻世界各个区域的向导。比如这里，中国大使馆旁边是汉语世界；印度使馆那里是印度文化世界；世界各国使馆旁边都有一个充满该国文化和历史传说的童话世界，而克里姆林宫旁边则是古俄罗斯文化世界。"大灰猫又挥了一下爪子，竟然变成了身着教授披肩、戴着博士帽、手持毛笔的威武样子。

"原来如此啊！"安妮雅和丹妮雅惊叹道，"原来您还是老师啊！"

"是的，我在语言研究院教不同的孩子读书，希望有一天，你们也能到那里上课学习。你们很有天赋——专注、敏锐的思维，善良、勇敢的心灵，强烈的好奇心和求知欲，而且很有教养。我想，你们正好适合研究中国文化哦！"

于是猫博士讲了很多关于汉语的有趣的内容，还说，它的话都收录在一本专门为俄罗斯孩子撰写的课本里了。

"就到这里吧，你们的妈妈也走过来了。"这只非同寻常的大灰猫结束了这场奇妙的对话，"我们该告别了！"

当妈妈走到小姑娘们身边的时候，大灰猫跟普通的猫一样，正用爪子梳理自己的胡子，四周和往常别无二致。

她们一起回到家，一起吃了午餐，整个过程中两个小女孩都若有所思地沉默着。饭后经过妈妈的同意，她俩下楼到院子里去玩，而就在此时，沙堆上几个奇怪的图形引起了她们的注意。

"这可能是一些中国的符号。"安妮雅低声说道。

"究竟是什么符号呢？"丹妮雅同样低声回应。

"这是中国字！"一个声音从树上传来。有颗小脑袋向她俩的方向俯视，原来是一只喜鹊眯着一只眼睛回答。

"中，中国字？我们还没学过这个词呢……"丹妮雅难过地说。

"你们的路还长着呢！"喜鹊居然笑了一下，"天赐的文字——中国人曾这样认定。很久很久以前，所有的中国字都是画。即便现在，很多字通过它们的字形结构还能看出它们所要表达的意思。"

"那咱们院子里的中国字又是谁写的呢？"小姑娘们不解地问。

"你们这里来了一个新邻居——毛茸茸的、黑白两色的、好奇心很重的家伙。"喜鹊张开翅膀回答道。

"它是谁呀？"小姑娘们朝着空中的喜鹊大喊。

"你们很快就会知道的！"余音未了，喜鹊便消失在树木掩映的天空中。

安妮雅和丹妮雅在回家的路上，一路惊奇着，想象着，猜测着：到底是怎样一个毛茸茸的家伙会在沙子上作画，中国来的邻居又怎么会是黑白两色的呢？

二十三 你好！Привет！

安妮雅和丹妮雅的双亲总是忙于工作。妈妈是医生，爸爸在大学里教书，他们总是把工作带回家，所以姐妹俩常常相伴玩耍，没有大人在身边。

她们的邻居是一个中国家庭：爸爸、妈妈和一个小儿子。小姑娘们和中国小男孩算是同龄人，他们本应该自然而然地一起玩耍，成为好朋友。可遗憾的是，孩子们的父母并没有说过话，因为他们不会说对方的语言，孩子们自然也没有机会结识。大家是那么不一样，怎么好走上前，怎么好开口呢？又能说什么呢？所以中国小男孩常常独自一人在楼下院子里漫无目的地游荡，有时哼唱着什么，还经常用树枝在地上画一些奇怪又好笑的图形。

安妮雅和丹妮雅梦想有一天，等她们都长大了，一定要认识一下这个中国来的男孩子。她们还憧憬着，总有一天，会想出办法来让爸爸妈妈和邻居成为朋友，这样大家就可以轻松快乐地生活在一起了，大家会互相串门，分享好吃的……但目前，孩子们虽然几乎同时下楼散步，但不得不各玩各的。

自从偶遇了猫博士、会讲话的喜鹊及初见就被震撼的中国字，小姑娘们便愈发急切地想认识那个中国小男孩。于是，她俩在家里和父母开始了这样一段对话，而且还是绕着远儿开始的。

"爸爸，咱们的邻居真的是中国人吗？"安妮雅问。

"真的，"爸爸头也不抬，一边飞快地给人回复手机信息，一边回答道，"咱们楼的居民会议上介绍了他们的姓名和民族。"

"那中国人怎么打招呼呀？"丹妮雅好奇地问。

"不知道，你问问妈妈吧，她和他们有工作联系呢！"爸爸咕哝道，于是孩子们跑进了厨房。

"妈妈！妈妈！"安妮雅第一个叫道。

"怎么啦，我的小公主们？"妈妈一边说着，一边从灶台前转过身蹲了下来。

"中国人怎么打招呼呀？爸爸说您知道。"

"是的，我们常常接待中国代表团。他们在见面时会说'你好'。"

"什么意思呀？是你好，还是您好呀？是只有代表团这样打招呼，还是所有人都一样呢？"小姑娘们提出一大串问题。

"哟，我想想。对，是这样说的，这句问候语是通用的，也就是说和任何人打招呼都可以这么说。跟我们俄语的'您好'一样，是一句祝福语，直译的话就是"祝你健康"。中国人说'你好'，这是在祝福对方'希望你一切都好'的意思。"

"太有趣了！"安妮雅开心地跳了起来。

"你好，你好，你好……"丹妮雅不停地重复着，很快就记住了。

第二天，小姑娘们迫不及待地下楼了。她俩都记住了该怎么问好，就剩下找到中国小男孩了。两姐妹很快就发现了长椅上的小男孩，

他正从书包里拿出一本画册。小姑娘们互相推搡着、鼓励着径直朝男孩走去。

"你好！"丹妮雅羞涩地先开了口。

"你好！"安妮雅勇敢地大声附和，之后却不知如何是好了。必须承认，她俩尴尬得简直想立刻溜走了。

男孩子并没有惊慌。他比她俩稍稍年长些，而他手里拿着的是他的第一本有插图的俄语课本。

起初他笑了笑，然后摇摇头说："你好！"从他嘴里说出来的问候是那么好听，就像是唱出来的似的。小姑娘们惊愕不已："真棒！还带声调呢，声音开始的时候是升上去的，然后又钻到下面去了！"

姐妹俩认真地跟着中国小男孩学会了人生中第一句中国话，她俩读得很好听。小男孩立刻回应了一句"你好"，然后指了指手上的书。书上的第一张图，画的是一群孩子相聚在一起，旁边写着一句话："你好！Привет!"

安妮雅和丹妮雅相互对视了一下，立刻同声说道："Привет!"

小男孩努力地重复道："Привет!"

两个小时过去了，父母已经开始在窗口张望，等着女儿们玩够了回家，可是安妮雅和丹妮雅，还有中国男孩儿杨明仍然坐在长椅上相互教着，也相互学习着各种新单词。

聪慧的喜鹊站在高高的树枝上，满意地欣赏着孩子们。它太喜欢他们了。"必须介绍他们认识一下那两只小熊了，然后带他们一起进入语言学院读书！"它浮想着。

二十四　杨明与小熊的初相识

　　杨明的爸爸是一位商人，同时担任俄罗斯中国企业家协会主席，他常常因公去中国大使馆办事。在一个晴朗的夏日，爸爸又要去使馆办事了，这次还带上了儿子。

　　在大使馆结束了各种会晤，办完所有的事情以后，杨先生准备带着儿子穿过公园回家，就在此刻，他正要找的一位重要人物迎面而来。

　　"儿子，你去那边走走，别走太远。我有个要紧的事情要谈。"杨先生说。

　　于是杨明又剩下自己一个人，正如他来到这个俄罗斯人的世界以后的每一天。自从他们全家搬到莫斯科之后，杨明便告别了自己习惯的生活和朋友。当然了，他不久前认识了邻居家的两个俄罗斯小女孩，但那还远远称不上真正的友谊。

杨明带着一丝寂寥站在湖畔。湖上此时正有一群野鸭子在悠然地游着。湖中央有座小岛，岛上是人们为鸭子夫妇搭建的小木屋。鸭妈妈领着小鸭子们一边游，一边啄食着好心的游客投喂给它们的面包屑。

杨明注意到一只掉队的小鸭子正着急地直叫。仔细一看，杨明发现小鸭子的爪子被一个像网子又像绳子的东西缠住了，不知道这个东西为什么会出现在水里。小鸭子尖叫着拼命想要逃离，却只能在原地扑腾。周围没有一个大人，爸爸在远处谈事，不能打扰他。杨明飞快地环顾四周，看见靠在一根粗树枝上的长棍子，便一把抓过来，他吃力地试图用棍子够到小鸭子。

野鸭妈妈也已经发现了遇到麻烦的小鸭。它焦急地在湖里打着转，并不时地阻止着想要冲过去的其他鸭宝宝，生怕它们也陷入同样的危险。杨明尽可能在湖边站稳脚跟，慢慢把小鸭子向湖边带。说时迟那时快，野鸭爸爸闻声而来，猛然从空中俯冲而下，瞬间激起的浪花打进了小杨明的眼睛，失去平衡的小男孩瞬间落入水中。

"怎么搞的嘛！"树丛里忽然响起了一声抱怨，一个黑白双色、毛茸茸、圆滚滚的身影跟着小男孩一起跳进了水里。那当然是黑白了。它原本是来给米舒特卡展示中国现代城市建筑画册的，它还带来了一根大小刚好合适的竹竿，用来敲小棕熊的房门再合适不过了。要知道小棕熊读书入迷的时候是真的两耳不闻窗外事，啥也听不见呀！

杨明是只"旱鸭子"，妈妈说入秋就带他去游泳馆跟着教练学游泳，因此熊猫的出手相助是实实在在地救了他的命啊！幸亏正值盛夏，湖水温暖宜人，小男孩并不冷，不过被吓坏的他自从在水里摸到熊毛便狠狠地抓在手里绝不肯再松开，直到他被放倒在米舒特卡小屋的床上为止。

"客人就这么来了！"小棕熊抖了抖爪子上的水珠说，"马上换衣服，晾干！"它打开了一盏自制的奇怪的灯，把小杨明的衣服平铺在灯前。熊猫用母语安慰着小男孩。三个未来的好朋友就这样开始了他们漫长而美好的友谊。小熊们给杨明喝了热茶，帮他爬下了树，而这时杨明的爸爸也刚好结束了会面。

经过湖边时，小男孩望向鸭群，已经分辨不出刚才自己到底是因为哪一只掉进水里的。野鸭夫妇带着六只活泼的小鸭子

正精神抖擞地在湖面上享受着天伦之乐。一截塑料网子静静地躺在长椅边的垃圾桶里，它应该再也不会给谁带来伤害了。

杨明释然一笑，趁着爸爸不注意，他朝着橡树上的小木屋使劲儿挥了挥手。他知道他的新朋友们正从高处悄悄看着他，他还知道，从今往后，这里有一扇小门会永远为他敞开。小男孩怀着自信和舒展的心情向家走去。这与众不同的相遇终于驱散了他的孤独寂寞，现在他有朋友了啊！

黑白在小男孩离开后又在湖边捞了半个钟头的竹竿，它不停地跳进水里又爬回岸上。它搞不定竹竿又弄湿了毛发，还吓得小鸭子们四处乱撞。熊猫越着急越笨拙，气到不住打喷嚏，像只倒霉熊。米舒特卡趴在小屋窗前看得一清二楚，圆圆的竹竿在水里滚来滚去，就是不听熊猫的指挥，总是在快被拖上岸时莫名其妙地滑回湖里。黑白的样子把米舒特卡逗乐了。两只小熊都在为今天这场相遇感到快乐，用自己的方式庆祝着。

二十五　为孩子们举办的大使馆招待会

在夏天快要过去的时候，有一天，中国大使馆为身在俄罗斯的同志们及他们的子女举办了一场热闹的招待会。孩子们成了当天最重要的客人。安妮雅、丹妮雅、杨明和许多年龄在五到十四岁之间的孩子都来到了中国大使馆。

"你们知道吗？"妈妈对孩子们说道，"在围墙的这一边就是中国领土了，在这里执行的可是中国法律哦！"

首先，俄罗斯海关的叔叔检查了客人们的证件和请柬；然后，中方安保人员邀请大家逐一穿过安全门；最后，这一大群大人和小孩才走进了院子。

中国大使馆主楼的入口处装饰着五颜六色的彩带，而就在入口的台阶前，正在表演舞狮。只见两只威武的玩具狮子灵活地跳跃着，逗弄着一只彩色绣球。两边还站着鼓手，不时用力地敲着大鼓。那欢快的节奏让客人们情绪愈发高涨。

"快拍照啊！"小姑娘们迫不及待地要求妈妈，"还要录像哦！回头要给爸爸看呢！"

漂亮的大房子里立着几根高大的雕花廊柱，墙上挂着巨幅的绘画作品。每一位小客人都领到了一张小礼券，这意味着招待会结束时他们都会拿到礼物。孩子们从巨大的彩绘花瓶旁经过，然后看到神龟和仙鹤雕塑，不远处还有一辆由几匹骏马拉着的古代马车。

小姑娘们好奇地研究着这个全新的世界。廊柱之间摆放着几张桌子，那里好像是在变戏法，一些穿着民族服装的中国姑娘用色彩斑斓的丝线飞快地编织着五彩幸福结。客人们观赏着各种印章，画家在展示中国水墨画，书法家在宣纸上挥毫泼墨，那些中国字真的是龙飞凤舞。桌子后面还飘动着漂亮的氢气球，大厅里响起了优美的中国音乐。很多孩子和家长好奇地四处张望，也有胆子大的小孩积极参与各项手工制作。

有些俄罗斯家长和中国的大人小孩用汉语热火朝天地聊天。

"妈妈，我们应该学习汉语了。"丹妮雅悄声说道。

"是的，我已经在考虑送你们去中文学校读书了，我自己也要报名参加汉语学习班呢！"妈妈回答。

招待会主厅与入口大厅之间隔着一道绝美的，绘有中国山水的大屏风。主厅更加宏伟庄重，墙边还有一大排摆满各色中国菜肴的长桌。舞台上中国演员们载歌载舞，还有太极拳表演。从大厅右侧沿着台阶走下去，就能看到一个精致的小水池，水池里有小金鱼游来游去，水池中央还有一座古香古色的喷泉。小姑娘们被这新颖奇妙的景致深深吸引。

音乐会和自助餐结束后，孩子们被请进了后花园。在主楼后面的空地上，热情的使馆工作人员为孩子们精心布置了巨大的充气蹦蹦床，旁边还有冰激凌车。这里也能听到动听的中国音乐，几位漂亮的服务员穿着黑白相间的制服为孩子们送来大朵的棉花糖。

安妮雅远远看到了杨明，便向他兴奋地挥手。

"可以和咱们的邻居一起玩吗？"她即刻向妈妈请示。

"当然可以啦！"妈妈微笑回答，"我就坐在这张长椅上，你们玩够了就来找我吧！"

丹妮雅此时正盯着阳台看。阳台栏杆上端坐着她们的老相识——喜鹊，它一发现小姑娘们便兴奋地又跳又叫："快过来呀！快来认识一下呀！不过要悄悄地哦！"姑娘们四处张望了一下便跟着喜鹊走进了小树林。

在一棵高大的栗子树下，站着一只大狮子，就是刚才在正门口玩绣球的其中一只，但它站立的姿势十分古怪。金黄色的大脑袋微微扬起，里面露出两张毛茸茸的小熊脸，一张棕色的，一张黑白相间的。小熊们害羞了，它俩费劲地提着狮子行头，互相冲撞着，脚底下还互相磕绊着，跌跌撞撞地向两个小女孩跑过来，小姑娘们被它俩的狼狈相逗乐了。

"我是黑白，一只普通的中国大熊猫，"黑白自我介绍道，"这是米舒特卡，它俄语说得比我好，就是有点儿害羞。"

"我叫安妮雅，这是我妹妹丹妮雅。目前我们只会说俄语。"安妮雅冷静地回答。

"黑白，米沙，是你们俩啊！打扮成舞狮，这主意太棒啦！"杨明一边朝他们走过来，一边赞叹道，"我还在想，你俩怎么才能和孩子们一起进来而又不被发现呢！"

"有时最危险的地方最安全。"米舒特卡说。

"千真万确！"丹妮雅赞同道，"你们的办法太高明了！"

"快看，比赛和抽奖开始了！"熊猫叫起来，"快走！"

所有孩子向一个不大的台子围拢过来。教育处的一位老师做起了主持人，她帮孩子们抽奖，然后分发抽到的小礼物，之后又向全体客人提出各种关于中国的问题，答对的客人就会获得奖品。

谁能想到，优胜者竟然是一头玩具狮子！米舒特卡不仅知道所有答案，而且又快又准地从狮子面具下面高声回答，黑白顶着狮子尾巴开心地蹦来跳去。

主持人刚一宣布优胜者，大狮子就飞身跃上台子跳起了狮子舞，临了还毕恭毕敬地给大家深深鞠了个躬，惹得台下的大人小孩都哄堂大笑起来。

后来孩子们又是跳蹦蹦床，又是吃冰激凌，又是躲猫猫，玩了好一阵子，直到太阳不知不觉落了山，终于要分别了。

"来我家做客吧！这个星期五，我等你们！"小棕熊挥舞着爪子邀请大家。

"到时候我就在院子里等你们！"黑白补充道。

大使馆的招待会结束了，所有与会者都得到了难忘的礼物，大人和小孩儿都心满意足地回家了。

幸福的米舒特卡也带走了它梦寐以求的礼物——一套真正的中国茶具。

二十六　米舒特卡的茶艺表演

　　熊猫焦急地坐在院子中最僻静的长椅上。它已经等了半个小时了，可是杨明和小姑娘们还没出来。"唉，米舒特卡现在肯定已经摆好了果酱甜饼，泡好了茶……"黑白浮想联翩，于是更加如坐针毡——什么都干不了实在太无聊啦！

　　就在这时，它忽然看见安妮雅和丹妮雅终于从楼里走了出来，它急忙跑了过去，还一边问："杨明来吗？"

　　"不，他来不了了。"安妮雅叹了口气说，"他家来客人了，他爸妈不让他出来玩了。"

　　"那咱们赶紧走吧！"熊猫尖叫道，接着便一溜烟儿地朝

着它心心念念的大橡树和树顶小屋狂奔而去。小姑娘们都快跟不上它了。

米舒特卡也早就在它的树上等着急了，两只脚爪踱来踱去，还要故作镇定。它非常喜欢招待客人，尤其是最好的朋友来家做客。

孩子们也非常喜欢来米舒特卡家做客，那里总是有很多好吃的和好玩的。小伙伴们顺着一条绳梯爬到树顶，一下子进入了一个奇妙的世界。

"米舒特卡你真行！"熊猫欣喜地观赏着小木屋。今天小屋被小熊装饰成中国风，墙上挂满了它亲笔绘制的中国园林和宝塔，屋子中央是一张小桌子，桌子上摆满了奇形怪状的物件，小女孩们只认得其中有茶壶和茶碗。

今天小棕熊要为它的客人们表演茶艺，在中国大使馆的活动上赢来的茶具礼包刚好派上了用场。

"你是什么时候学会的呀？"黑白震惊不已，"你不是一直在读书吗？而且你几乎从不出门……"

"就是从书里学到的呀！"米舒特卡笑答。

"请看，这是装茶叶的茶罐和茶盒，取茶叶的时候要用专门的竹制茶勺。沏茶不能用刚刚烧开的热水，茶要小心冲泡。"小熊解说着，它的两只小爪子在小桌子前上下翻飞，仿佛跳起了手舞，"然后我们将茶倒入茶海，再分倒给每一位客人……"小棕熊的动作行云流水，同时伴随着详细的介绍。

"现在请大家闻一闻茶香，然后开始享受第一口真正的中国茶吧！请用茶。"它轻柔地说着，并将精致小巧的茶杯逐一端给每一位客人。

"谢谢！谢谢！"客人们欣喜地道谢。

"不用谢！不客气！"主人礼貌地回答。

"唯一遗憾的是我这里只有两种中国茶，不过没关系，我用俄罗斯民间草药茶填补了今天的茶艺内容。这些药茶又可口又有益健康哦！"

黑白喝着茶陷入沉思，怎么也没想到，对米舒特卡来说中国茶道这么重要，更没想到它能这么精准细致地分辨各种茶的不同香型与味道。"我要设法给好朋友一个惊喜！"熊猫想，"我要从中国给它带来所有最棒的中国茶！"

绿茶和茉莉花茶的芳香逐渐被树莓叶和红醋栗的香甜味道取代，还有苹果的香味及各种花草的清香。孩子们的小胖手和小熊圆嘟嘟的小爪子都不由自主地伸向了甜馅饼和薄煎饼。

"就是说嘛！"黑白大嚼特嚼着甜甜圈，说道，"我一直认为，中国茶道固然很棒，但俄罗斯的茶点盛宴无疑更有益健康！"

小女孩们和米舒特卡都笑了，大家都明白，这是完全不同的两种茶文化。

"你听音乐吗？"安妮雅问米舒特卡。爸爸妈妈教过，在别人家做客时要懂得进行礼貌的交谈。

"是的，我听音乐。"它答道，"俄罗斯音乐、中国音乐都听。"

"也会唱歌吗？"丹妮雅好奇地问。小熊还没来得及回答，就听到黑白抢先回答。"我会唱歌！"黑白宣布，并自信地把茶杯推到了一边，"来吧，给我麦克风吧！"

"通常我们围坐在桌子旁边唱歌，这是俄罗斯的传统习俗！"安妮雅说，"老实讲，我们唱歌不用麦克风。"

"行吧，那就不用麦克风唱了。"黑白叹了口气，然后唱了一首中国的童谣。

"多么美妙的歌声啊！"小姑娘们热情地鼓起掌来。米舒特卡聚精会神地倾听着，努力尝试捕捉学过的单词。黑白已经教了它一点儿汉语了，但距离学有所成还有很长的一段路要走。

"我还会唱《莫斯科郊外的晚上》！"熊猫骄傲地说。

"我们都会唱！"小姑娘们和米舒特卡齐声道。

"中文版的。你们不知道，中文的更好听哦！"黑白说完就唱了起来。

"真好听！"小姑娘们惊叹不已，"可惜什么也听不懂……"

"这好办！"熊猫笑道，"学好汉语就行了。"

大家都被它的话逗笑了。

那天孩子们在一起坐了很久，谈天说地，喝着茶，吃着米舒特卡的妈妈为他们做的馅饼，还互相学习了俄文和汉语。

二十七　红场

毫无疑问，红场是俄罗斯最著名的地方，也是世界各地的游客必到之处。而我们的黑白就因为至今没有机会去莫斯科市中心而感到十分遗憾。

"你听我说，咱们就悄悄看一眼，好吗？"它哀求米舒特卡。

"太危险了！"好朋友回答它，"一旦被发现，咱们就会被抓进动物园的，也可能被抓到别的什么地方去……"

不过就在这次交谈的一周后，米舒特卡跑进使馆里面的小公园，吹响暗号把黑白叫了出来。

"黑白，你好。"小熊说，"关于红场，有办法了！城市日庆典彩排，我们大马戏团也参加，而且是单独的一列，咱们也可以加入。你想演什么？玩偶玩具，还是马戏团杂耍熊？"

"我吗？最好演玩具熊，这方面我经验丰富哦！"黑白说着笑了起来，儿时自己和玛丽娅在北京公园游玩的记忆又浮现脑海。

一个阳光明媚的八月的早晨，演员们从大马戏团营地出发了。人们为两只小熊准备了一个名为《友谊》的主题角，它俩实际上就是本色出演象征中俄友谊的两只小熊。高高的台子上插着各种旗帜，黑白和米舒特卡应该一动不动地站在高台之上微笑。

高台被挂满彩带的专车拖着缓缓前行，周围是列队前行的马戏团演员：体操演员做着各种高难度动作；杂耍演员将彩球和彩色短棒轮番抛向空中，再稳稳接住；小丑们穿着色彩斑斓的服装，夸张地做着鬼脸，手舞足蹈地向观众致意；在他们附近还有几个巨人大步流星地在队列中穿行，那是些踩着高跷、穿着古典服装的演员。

黑白被五彩缤纷的表演包围，已经开始感觉头晕目眩。

它和米舒特卡站在自己的角落，跟随着队伍缓缓步入红场。"这个圆顶下面是地下商业中心，"米舒特卡用爪子指着，"这个红色建筑是历史博物馆。"

"博物馆暂时不重要。我们应该先了解历史，然后再参观博物馆。"

"我们可以一边参观博物馆，一边了解历史。"小熊反驳道。

"哦，快看，这是我们的'零公里'所在地。"米舒特卡指引着熊猫看向瓷砖地上的装饰画。

"这就是俄罗斯的中心？"黑白惊喜地问。

"不是，"米舒特卡摇了摇头说，"俄罗斯的中心位置在新西伯利亚一带，从莫斯科飞过去需要五个小时。不过北京也不在中国的中心啊，尽管那是首都。"

"的确如此，"熊猫赞同道，"中心位置和首都往往不同，不过，我不知道这是为什么……"

"所以我们要学习历史，了解历史，还要参观博物馆！"米舒特卡开心地笑了起来。

"克里姆林宫在哪里呢？为什么看不见？还远吗？"熊猫着急地问。

"现在我们穿过波克罗夫斯基之门，你就会看到锯齿状的红色围墙，墙后面就是克里姆林宫了。"

"嚯！这简直就是一座堡垒！"一看到克里姆林宫的外墙，熊猫激动地跳了起来，立刻问道，"前面那座五颜六色的建筑也是马戏团吧？"

"哦，这是圣瓦西里大教堂，也叫护城河上的代祷教堂。这座建筑非常有名，它可是俄罗斯的地标性建筑，就像你们北京的天坛。"

"米舒特卡，你为什么比我知道得多？"黑白叹道。

"因为我爱读书。"小熊坦然回答，"一切问题的答案都在书里。你只需要走进书里去，就一切了然了。"

它们乘坐着彩车穿过红场，经过教堂、顾姆商城、列宁墓和钟楼。米舒特卡一路上向黑白讲解着，当它们途经巨大的落地窗时，两个小家伙看到了玻璃窗上自己的影子。

"这样的玩具熊不存在。"米舒特卡跟熊猫咬耳朵，"咱俩太大、太像真的了！"

"很正常，"黑白回答道，"在中国，有位阿姨在自家楼下院子里放了一只玩具恐龙。这只恐龙伸长的头刚好直达四楼的窗口。因为恐龙做得太逼真，邻居们都被吓坏了，而阿姨幸福得不得了。"

"我越听越想亲自去中国看看。你讲的每件事都那么不可思议，难道那里真的一切都跟俄罗斯不一样吗？"

"亲爱的朋友！"黑白向米舒特卡转过头来，侧过身，举着小爪子认真地说，"那里当然和这里完全不一样！你必须知道，中国代表着这个星球上最古老的文明！而大熊猫，包括本熊，是史前冰河时期之前就存在的活化石！"

"为什么那两只熊在动？"扬声器里忽然传来闷雷般的声音，这是庆典组织方在观察彩排。

"别动！"米舒特卡命令道，然而熊猫被扬声器里刺耳的话语惊到了，它立刻缩成一团，结果脚下一滑，掉下高台。因为不知道该往哪里躲，它只好在广场上横冲直撞，场面一片混乱，有人报了警，有人拨通了兽医院的电话。

身手矫健的大熊猫三两下便翻墙而过，跳到松树枝上，然后又顺着斜坡滑到地面，借着高大建筑物的阴影，向着熟悉的方向飞奔而去。在停车场，它立刻找到马戏团大巴，从窗户爬上了车，终于坐到座位上了。

这时，它才把双爪放在后脑勺上，舒舒服服地躺倒。"睡眠对大人小孩都益处多多，尤其是在经历了紧张和刺激后。"

黑白严肃地自言自语了两句后，几秒钟之内便沉沉睡去。

当大马戏团的人们到处也找不到黑白，几近崩溃，不得不回到大巴车上时，却发现黑白在车上睡着了。熟睡中的熊猫简直就是一只玩具熊，显得那么无助而可爱，让人怎么还气得起来呢？不过，城市庆典的组织者最终放弃了让两只真小熊参加庆典活动的主意。

二十八 在莫斯科郊外钓鱼

几天后，安妮雅和丹妮雅来到米舒特卡家做客。她俩一边饶有兴致地听着黑白在莫斯科市中心的冒险经历，一边跟小熊们一起笑个不停。

丹妮雅总结道："但是你终于亲眼见到红场了呀！"

"是呀！等我回到中国，一定会告诉大家，我不仅在莫斯科生活过，而且还到过俄罗斯真正的心脏呢！"

"莫斯科可代表不了整个俄罗斯！"米舒特卡认真地说。

"怎么不能代表俄罗斯了？"熊猫急道，"那这个国家到底什么样呢？"它夸张地挥舞着爪子绕着自己画了个圆圈说。

"你不要听它的，"安妮雅插嘴道，"米舒特卡没有说清楚，它的意思是城市里的生活和俄罗斯各地的乡村生活是不一样的，对吧？"她眨着大眼睛问小熊。

"是的。我的意思是说，只去过红场是不可能对俄罗斯有全面了解的。"

"那要看什么才能对俄罗斯有全面的了解呢？"熊猫问。

"那，至少去莫斯科的郊外看看呀！"

"就是《莫斯科郊外的晚上》唱的地方吗？"

"不只晚上，那里的一切都属于莫斯科郊外。"丹妮雅笑答，"莫斯科郊外是一片很大很大的区域。我家的别墅就在莫斯科郊外。"

"请你们去我们家的别墅玩儿吧！"安妮雅开心地邀请，"你们在那里可以欣赏大自然的风光，品尝新鲜的水果和蔬菜，还可以去钓鱼哦！"

小熊们自然是作为毛绒玩具被带上路的。爸爸当然抱怨了半天，他搞不明白，车里原本就空间不够了，还莫名其妙要紧急带两只毛绒熊去别墅待一天半。不过最重要的是妈妈欣然同意了，至于说要搞定爸爸，两个小女孩从来没有失手过。

一个星期六的清晨，所有成员都挤进了汽车，车子很快便朝着南方疾驰而去。城市的高楼大厦很快便被树林和田野取代。熊猫和米舒特卡瞪圆了眼睛欣赏着。

路上，孩子们一直在后座上玩闹着，发出各种奇怪的声响，有时窸窸窣窣、叽叽咕咕，有时低声嬉笑着相互捉弄，有时还会像动物那样发出低吼，还有时是"咯吱咯吱"的啃咬声。爸爸自始至终只是微笑摇头。妈妈一路上都很忙，她争分夺秒地在阅读一本很重要的学术工具书。

一个半小时后车子拐上了一条小道，开始在林子里颠簸前行。树林边上的村庄让黑白想起童年记忆里，在遥远中国的四川熊猫繁育基地。

"别墅到啦！"安妮雅和丹妮雅高兴地拍起了小手。

"到家了，把东西都搬下车吧！"爸爸一边下达指令，一边第一个去打开房门。

别墅其实就是郊外的一个小房子，是一家人共度周末的地方。乡间小屋的周围有一小片菜地和花园，在这里总能吃到新鲜的瓜果蔬菜。

小女孩家的别墅旁边是一片树林，别墅的地界一直延伸到林子后面的湖畔。一家人在湖边开辟了一块可供休闲的角落，有用来点燃篝火的地方，还有秋千和树桩做的木桌椅。爸爸妈妈就让安妮雅和丹妮雅带着她们的"毛绒玩具"到那里玩。

小姐妹俩都会钓鱼，她俩热情地教小熊们钓鱼。米舒特卡很快就学会了，它灵活地放钓钩，又会在关键时刻迅速地把鱼钩拉出水面，甚至还会用熊掌直接伸到水里去抓鱼。而这可难住了大熊猫，黑白无论如何也看不清湖水里半透明的小鱼，而且它也实在没有钓鱼的耐心。

"真没劲，你们这儿的鱼都很没劲……"熊猫抱怨道，"全都灰不拉几的，在中国，金黄色的、白色的、带斑点的，应有尽有！而且吧，你们这儿钓鱼，还要坐等，一坐就是一天，我们那里的鱼，自己会从水里往外蹦！"

"黑白，快看！"米舒特卡压低嗓音大声打断它。这时只见水下一个巨大的影子游了过来。

"谁？"黑白同样压低嗓音问道。猎手的本能外加自然的好奇心引导着它，钓鱼瞬间不再显得无聊，熊猫顺着鱼竿的方向蹑手蹑脚地靠过去，它甚至屏住了呼吸。水面稍一晃动，熊猫一猛子把脸扎入水中，猛然间与一条鱼四目相对！那个家伙身上居然没有鱼鳞，脸上还长着龙须，最重要的是，它在笑！黑白吓得"嗷"的一声一跃而起，眨眼的工夫就跑到了篝火和小姐妹的身边。

“黑白，怎么了？瞧把你给吓的！”丹妮雅惊问着，停下了做汉堡的手。

“龙！那里有条龙！”黑白指着湖面叫道，“你们为什么不早告诉我，你们的湖里有龙王？在中国，江河湖海里都住着龙王，可能这是一条俄罗斯龙。”

“不是的，这是一条大鲇鱼——索姆。”米舒特卡边笑边朝着朋友们走过来，“莫斯科郊外有水的地方都有鲇鱼。它们生活在深水区，一点儿也不危险。”

“你们这儿住在水里的家伙还有点像我们传说里的麒麟，麒麟也是这样带胡子的，吓死宝宝了！”

"就算你遇到了福星寿星吧！"米舒特卡笑道。

"对，那就不一样了！"黑白开心道，"尊敬的俄罗斯龙——索姆先生，请接受我对这片水域之王的敬意，也祝您多寿多福！"熊猫双爪合十朝着水面喊道。

"不对，我们管俄罗斯龙叫戈雷内奇巨蟒，那是神话传说里才有的，而水域的主人在我们的童话故事里是水鬼。"

"给我讲讲这个故事吧！"熊猫用哀求的眼神痴痴地望向安妮雅和丹妮雅。

"一定讲给你，过来，到桌边来坐下就开讲。先去把爪子洗干净。"

"哦不，我暂时还是不去湖边了吧！"熊猫把脑袋摇成了拨浪鼓。

"不用去那边洗，"丹妮雅被逗笑了，"洗手池在树后面，拿着。"她把一条毛巾递给了黑白。

"哦！俄罗斯的蚊子跟中国的一样讨厌。"树那边很快传来熊猫的声音，"但我知道怎么对付它们！"

黑白在四周寻找了一阵，拿来了一些艾草，把艾草点燃后，烟雾升起之处小飞虫们一哄而散。

小伙伴们围坐在篝火旁，米舒特卡在烤土豆，丹妮雅削着苹果，黑白则若有所思地啃着一根树枝。安妮雅一个接一个地讲故事。她不仅记忆力超群，而且讲起故事来绘声绘色，大家都听入神了。熊猫没全听懂，米舒特卡使尽浑身解数给它解释。

充满钓鱼和神话故事的一天终于结束了。不过黑白实在搞不懂，长着好几个脑袋的龙和住在水里的小绿人到底是什么样子？幸亏米舒特卡答应会给它看图片，熊猫这才安静了下来。

二十九　小熊迷路了

　　天渐渐黑下来了，父母招呼姐妹俩去吃晚饭。小熊们则决定去熟悉一下这里的树林。

　　"可别走丢了哦！"小姑娘们央求道，"回头我们可怎么找你们呢？"

　　"我们怎么可能走丢呢？"小棕熊问道，"我们的嗅觉很灵敏的！"熊猫一边点头赞同，一边早已坐立不安、跃跃欲试了。

　　"别忘了，我们的房间在阁楼，窗户正对着那棵大苹果树。我们为你俩把窗户留好，等你们回来。"丹妮雅望着欢快地向树林跑去的小熊们喊道。

　　傍晚的树林静悄悄的。鸟儿们早已归巢歇息了，而昼伏夜出的动物们还没有出来。米舒特卡和黑白终于感受到了彻底的自由，开始嬉戏打闹。它们一会儿跑，一会儿跳，一会儿相互扑咬，一会儿上树，一会儿又在地上刨洞……总之，小哥儿俩终于有机会做一切它们这个年纪的小熊都会干的事。在莫斯科市里这么玩是绝无可能的，在人类的身边要时刻保持低调，绝不能引起人们的注意。

　　两个小家伙完全没注意到夜晚已悄然降临，该回去了。两只小熊伸长了鼻子四处闻了闻，然后就朝着距离最近的村子走去，因为从那个方向飘来熟悉的人类的味道，还有篝火、池塘和苹果的清香。它们自信地走向一片小木屋，却很快发现其中并没有安妮雅和丹妮雅的小房子。谁能想到这样的别墅村在莫斯科郊外到处都是，而且都长得差不多，味道也都一样！

　　忽然一股烟熏的味道从另一个方向飘来。两只小熊立刻朝那个方向跑去，很快它们便发现，一株大橡树下面的枯叶和草地着火了。不知道是哪个粗心的游客在这里生起过篝火，临走却没有把炭浇灭。黑白和米舒特卡飞快地交换了下眼神。"周围没有水源，我们该怎么灭火呢？"黑白问。米舒特卡沉吟片刻，忽然想起读过的一本关于救生员的书，立刻答道："土可以灭火！沿着着火点的边缘挖一道沟。"

小棕熊和熊猫迅速开始用爪子奋力刨地，绕着起火点扬起了落叶和根茎，很快就在火点周围挖出了一个潮湿的土圈。湿土圈成功阻止了火势向外蔓延，火渐渐熄灭，但浓烟还没有消散。就在这呛鼻的烟雾之中，两只小熊听到微弱的哀鸣。原来是老橡树的树洞里有一个鸟窝，窝里几只还没长出羽毛的小鸟已经被烟熏到缺氧了。它们的爸爸妈妈正焦急地在烟雾中绕着树乱飞，因为无法救出自己的孩子撕心裂肺地啼叫着。两只小熊来不及商量，几乎同时踩着尚未冷却的草叶冲向大树，朝着鸟窝攀登……

不一会儿，四只雏鸟便被它俩安全地叼了出来，安置在旁边的树上。鸟爸爸和鸟妈妈不住地用鸟语说着感谢的话，随后赶紧为孩子们布置新家去了。

两只疲惫的小熊又开始继续寻找安妮雅和丹妮雅住的村庄。直到夜深，它俩实在累得不行，用小爪子扒拉出一堆树叶，钻了进去，就这样在树叶和苔藓混合成的被子下面睡着了。

深夜树林里下起了雨，虽然厚实的皮毛可以保护它俩不湿透着凉，但是雨水却把一切痕迹和味道都冲洗得一干二净，它们最后一点儿找回去的希望也没有了。

清晨，树叶堆窸窸窣窣地发出声响，黑白睁开一只眼，看见了一些奇怪的生物——几只长着腿的带刺的小球，伸出小肉鼻子四处闻着，还不停打喷嚏。

"你们是谁？"黑白俯下身研究着问。

"我们是刺猬，莫斯科郊外的普通的刺猬。倒是想问问你是谁？黑白色的怪东西，整宿打呼噜，还带着别具一格的哨音，害得人家睡不了觉。"

"不要吵！"米舒特卡打断了小刺猬喋喋不休的抱怨，"刺猬是夜行性动物，夜里从来不睡觉，不要对客人胡说八道。它可是从遥远的中国来到咱们这里的！"

"啊！如果真是中国来的贵客，那就请享用吧！"刺猬一边把一个大苹果递给黑白，一边继续道，"有朋自远方来，不亦乐乎！你们那里是这么说的吧？"

"快告诉我们，是不是你们俩把松鸦的宝宝们救下来的？你们浑身都是烟熏的味道。"母刺猬好奇地问。

"是呀！"米舒特卡答道，"幸好我们从小在人类身边生活，不像野生动物那么怕火。"

"幸好你爱读书！"黑白插嘴道，"所以你知道怎么灭

火……"

"原来你俩是大英雄啊！天还没亮，整个树林都在讲你们俩的事迹了！你们拯救了树林，让我们逃过了可怕的火灾！来来来，上我家来做客，你们一定饿坏了！早就该吃早饭了！"

就这样，小熊们被带到一株阔叶杉下，这里聚集了整个刺猬家族。大家互相认识了之后愉快地交谈着。谁能想到刺猬竟然可以如此博学和聪慧，它们博古通今，居然还了解世界大事。

"你们还不认识我们的朋友呢！松鼠和鸟儿们常常互通消息，老鼠们住在人类世界。我们当中有的是智商高又博览群书的哦！"年长的刺猬对米舒特卡解释道。黑白此刻正美滋滋地品尝着森林特产和附近别墅村出产的蔬菜瓜果，忙得不亦乐乎。

"好了，我们得回莫斯科了，"小棕熊结束了和刺猬的趣谈，"莫斯科只有一个，莫斯科国立大学也只有一所，中国大使馆更加只有一座。在那里绝对不会认错地方了。"

"嗯嗯，只差找到回莫斯科的路了。"熊猫咕哝了一句。

"松鼠已经为你们找好向导了，"刺猬笑道，"那咱们道个别吧！"

一只喜鹊停在了它们头顶的树枝上。原来是老朋友呀，它刚巧来树林串亲戚，正好也准备回城。

"我会把回莫斯科的路指给你们看，但你们必须自己走回去。怎么可以在陌生的地方这么大意呢?!"喜鹊教训道。

它们跟着喜鹊上了路，可是没走多远就累得停在了白桦树跟前。两只小熊决定休息一会儿，便迎着朝阳靠着桦树坐了下来，不多一会儿，在温暖的阳光爱抚之下，两只小熊睡着了。

小姑娘们一大早就坐立不安——黑白和米舒特卡昨晚没有从树林里回来，而她们马上就要回莫斯科了。因为天气预报说白天会下大雨，爸爸就一直催促她俩赶快上车，安妮雅和丹妮雅都快急哭了。

"一定会找到你们的玩具的，"妈妈安慰说，"我已经通知邻居们了，只要有了消息就会马上给我们打电话。你们不该把心爱的玩具丢在外面呀!"

车子开动了，缓缓驶出了村庄。

"停!"爸爸一边自言自语，一边踩了刹车。"那不是你们的毛绒熊吗?"他扭头看向女儿们，严肃地说道，"如果再有一次被我知道，你们跑出村子玩，会受罚的!这样做很危险!"

"对不起，亲爱的爸爸，我们再也不敢了！"小姑娘们欢呼雀跃着冲下车，她们使劲儿拥抱睡得迷迷糊糊的小熊，然后拼尽全力把两只小熊拖进干燥温暖的车厢。

"脏死了！都湿了，饿坏了吧？"小姑娘们唠叨着。爸爸听得直摇头，这些爱过家家的小女生！而妈妈却认真地一会儿看看两个女儿，一会儿又看看两只小熊，似乎全都明白了。

三十　金秋时节

八月底就能感受到莫斯科的秋天正在到来。树叶一点点变得金黄，然后便开始一片片从树上滑落。天气渐凉，太阳露面的时间越来越短了。

大人们在哀叹夏天的无情离去，而我们的小朋友们情绪却十分高涨，前面等着他们的就是新的学年和新的冒险呀！

黑白最终留在了俄罗斯，大林回国了。人们为黑白搭建了一个小窝，就在米舒特卡家附近，这样，黑白就可以开始独立生活了！

九月开学的时候，咱们这个故事的全体小主人公都来到

语言学院上学啦！这是一所不同寻常的学校，学生都很特别——人类幼崽和动物幼崽都在这里学习不同的语言，而且相互学习彼此完全不同的文化。

黑白对俄罗斯文学产生了极大的兴趣，尤其是俄罗斯童话故事；米舒特卡、安妮雅和丹妮雅都选修了汉语；杨明学习俄语，他梦想成为工程设计师，在这方面他和米舒特卡找到了无穷的共同语言，他俩总是腻在一起，不是研究制作模型，就是开发有用的新工具。

在语言学院还有一群优秀的老师和工作人员。孩子们的老朋友喜鹊在校内专门负责对外联络工作；猫博士原来是这里的教务主任，兼职教授世界文学课；当然还有很多人类老师。这所与众不同的学校的校长看起来却十分普通，至少表面上看起来就是个普通人。孩子们只在九月一号的开学典礼上见过他，还无法总结出对他的印象。但听说，他无所不知无所不晓，而且还能自由穿越时空。

在学院入口处，离更衣室不远的地方有一个小水池，里面住着一只巨大的加拉帕戈斯象龟。水池旁边有几张供大人坐的长椅和几把孩子用的小椅子。乌龟在一盏温暖的大灯下面安详地卧着。

送孩子来上学的家长们总是赞叹乌龟的巨大体形和它的高龄。知道语言奇幻世界存在的孩子们则最爱跟乌龟聊天，爱听它那舒缓有力的声音。

对于学院的全体成员来说，它是心爱的乌龟奶奶。没人知道，连它自己也不记得它到底多少岁了，不过大家都知道它是世界上最会讲故事的，它知道所有国家和民族无数有趣的故事，而且，它会用所有的语言来讲述。

米舒特卡、丹妮雅和安妮雅、喀秋莎，当然还有黑白，都喜欢放学后跑来缠着乌龟奶奶说话。

乌龟奶奶喜欢说："孩子们因为爱听活泼有趣的故事，所以才会长大成为优秀的好人。每一个故事、传说和历史事件里都藏着最重要的思想，那就是教我们成为更好的自己，铭记过去，学会为他人着想，愉快工作并且减少犯错。"

米舒特卡总是随身携带一个小本子，随时记录乌龟奶奶讲的故事。它总是欣然和朋友们分享笔记。中华民族的传说故事中产生了很多有趣的成语，这些故事的一部分已经在俄罗斯出版啦！这些故事帮助俄罗斯小朋友们学习汉语，更好地了解中国。

黑白一如既往，动不动就出现在各种事件的旋涡中心。它认识了很多新朋友，它习惯性地偶遇奇奇怪怪的事情，向不同的人伸出援手。它每天都和父母保持联系，还坚持抽空练习太极拳，甚至有人邀请它出任太极教练，但它认为自己还远未达到相应的水平，不足以承担教习的职责。

我们其他的小朋友们呢？他们的生活也发生了很多改变。安妮雅和丹妮雅的妈妈开始学汉语了，她还认识了来莫斯科国立大学医学院进修的玛丽娅医生，对汉语的共同兴趣使她们成了好朋友。真正亲密坦诚的友谊是从玛丽娅向小女孩们的妈妈承认熊猫会说话开始的，她说有一只熊猫还会说俄语。当然，这之后很多事情就讲得通了。

喀秋莎全家回到了莫斯科。爸爸进入外交部工作，妈妈则进入莫斯科国立大学成为负责与中国合作方面的专家。自然而然地，这三位女性——安妮雅和丹妮雅的妈妈、喀秋莎的妈妈及玛丽娅医生成了好朋友。

安妮雅和丹妮雅的爸爸是物理学家，他在莫斯科国立大学最有意思的地方——力学研究院工作。有一次，杨明请他帮忙验证一个发明，女孩子们的爸爸非常严肃认真地解决小男孩的问题，杨明对他顿生敬意。

几个家庭的孩子们和爸爸妈妈们越来越频繁地在一起聚

会、交流，欢喜无限。

就是这样，一只熊猫宝宝从四川竹林里的小窝来到遥远的俄罗斯，帮助这些完全不同的大人和小孩走到了一起。

关于我们的小主人公们如何度过第一个学年，关于它们的新旅行和新冒险，大家可以在之后的故事中陆续看到哦！